KB264964

바람 부는
들판에 서서

이동렬 에세이

바람 부는 들판에 서서

선우미디어

책머리에

은퇴를 했답시고 밖에 나갈 일이 없이 집안에 있는 시간이 많아지다 보니 쓴 글이 어느덧 책 한 권 분량이 되었다. 무직자(無職者) 신세이니 옛날처럼 대학원 조교들의 노동력을 개인 목적으로 슬금슬금 도적질할 수도 없는 처지다. 그러나 하늘이 무너져도 솟아 날 구멍이 있는 법, 컴퓨터를 쓰지 않는 이 세기의 컴맹 앞에 A⁺급 도우미가 한 사람 나타났다.

그는 2007년 9월 학기부터 이화여대 심리학과에서 박사과정을 밟기 시작한 윤정숙양이다. 원래 도우미란 제 발로 걸어와서 도움을 약속한 사람을 가리키는 말이 아닌가. 그러나 윤정숙양은 그가 이대에서 석사 논문을 쓸 때 나에게서 논문지도를 받았다는 인연 하나로 내가 협박에 가까운 강청(強請), 애원(哀願) 등 갖가지 유인술을 동원해서 얻어낸 도우미다.

이번 『바람 부는 들판에 서서』는 지금까지 쓴 내 수필과는 두 가지 점에서 다르다고 생각한다. 첫째, 수필 길이가 짧아졌다. 둘째, 뜻이 어려운 한자 문구나 영어는 될 수 있는 대로 피하고 쉬운 우리말로 썼다. 단, 다른 나라 말을 쓰면 문장이 멋있어 보인다고 생각될 때는 예외를 만들었다.

내 인생에 가을이 깊어간다. 요즘 와서 자주 오던 전화도, E-mail도 뜸해지니 이제 나는 진정 「산장의 여인」이 되는가 보다.

끝으로 이 책을 출판해 준 선우미디어 이선우 사장께 고개 숙여 고마움을 표시한다. 나는 이(李) 사장을 볼 때마다 마음속으로 '저렇게 소녀같이 예쁘고 고운 사람인데 어디서 그 힘들고 어려운 출판사를 이끌어 갈 힘이 나오는고?' 하는 생각이 든다.

몇 분 안 있으면 산책을 나갈 시간이다. 창밖을 내다보니 토론토 국제공항에 착륙하려는 비행기 한 대가 납작 엎드려 날아간다. 혹시 'KAL 대한항공'은 아닌가?

2008. 5.

캐나다 토론토시 국제공항 옆
陶泉書廚에서 이 동 렬

이동렬 에세이

바람 부는 들판에 서서

차례

책머리에

1부
내 마음을 아실이

14 화장과 큰소리
17 전자우편
20 공항
23 전문가
26 살인
31 매력
35 명예욕
40 좋은 미국과 나쁜 미국
43 미국
46 사담 후세인

2부

저 구름 흘러가는 곳

은퇴　52

귀소본능　56

축복　60

고향의 봄　63

축하　66

청고개[靑峴] 생각　69

고향을 그리워하는 사람들이여　72

늙음　75

효도에 대한 생각　78

노년이 좋아야 인생이 아름답다　82

3부

올 봄도 예이고 보면

88　풍수지리와 UN 사무총장

91　사약(賜藥)

95　심원의 봄눈 [沁園春雪]

98　서울

102　먹의 향기 [墨香]

105　수필과 자기도취

108　서정 수필을 쓰고 싶다

111　노벨상

114　아! 대한민

118　무당

121　겉과 속

4부

물 보면 흐르고

성춘향의 사랑　126

사랑도 벗어 놓고 미움도 벗어 놓고　129

살구　132

문상(問喪)　135

사교춤　138

신라의 달밤　141

선연동(嬋娟洞)　145

보리밭　148

만나면 헤어진다　151

노래 잘하는 사람 좀 소개해 주세요　155

5부

옛날은 가고 없어도

악극(樂劇)　160

복원　164

토끼　167

친구　170

청산리 벽계수야　173

저택　177

자서전　181

술　184

바람 부는 들판에 서서　187

즐거운 이야기 두 가지　191

6부

서리는 마른 풀잎에 내리고

남한 말과 북한 말　196

격(格)　199

지조(志操)　202

선비　205

순종 타령　209

우리말 글 1　213

우리말 글 2　217

우리말 글 3　221

오원(吾園) 장승업　224

허균(許筠)을 칭송함　226

7부

강물은 흘러간다

230   설 지나면 봄 온다

232   하늘 또한 괴롭다 하네

234   벌써 찾아온 새해

1부

내 마음을 아실이

화장과 큰소리

　여자가 화장을 하는 것과 남자가 큰소리 뻥뻥 치는 것은 서로 다른 게 없습니다. 그러니 남자 보고 큰소리 치지 말라는 것은 곧 여자보고 화장 하지 말라는 것과 마찬가지이지요. 예수나 석가, 공자 같은 성현(聖賢)들은 어떤지 모르겠습니다만 나 같은 속물(俗物)이야 그저 큰소리 뻥뻥 치고 싶어서 몸살이 날 때가 있습니다.

　여자는 남 앞에 얼굴을 내밀어야 할 때 화장을 하고, 남자는 '나도 너희들이 눈여겨봐야 할 사람이다'는 남으로부터의 인정(認定)과 자기의 사회적 지위를 높이려 할 때 큰소리를 칩니다.

　그런데 화장이건 큰소리건 어느 정도에서 끝나면 보기도 좋고 큰 거부감도 없을 뿐 아니라 되려 애교스럽게 보입니다. 그러나 그 정도가 너무 지나치면 본래 노렸던 목표는 저쪽으로 가버리고 마는 경우가 흔히 있습니다. 사랑을 받으려고 너무 애를 쓰면 되려 그것을 잃어버리는 것과 같지요.

우리 주위에 자연적으로 생긴 사물이나 현상은 대부분이 그 대로 두어도 아름답습니다. 겉으로 보기에 덤덤한 것에 지나지 않는 자연물에 인위적인 치장을 하여 아름답게 만드는 행위를 우리는 예술이라 부릅니다. 이런 의미에서 보면 화장은 곧 예술이란 말도 성립된다고 생각합니다. 화장이나 자기 자랑을 '안 하는 것처럼' 하는 것을 보면 무척 세련되어 보입니다. 세련되어 보인다는 말은 보기가 자연스럽다는 말과 통하지요. 그러나 이렇게 하기에는 상당한 기술과 자제력이 요구됩니다.

거의 화장을 하지 않는 '자연산'도 가끔 눈에 뜨입니다. 그런데 내 편견에 지나지 않지만 화장을 너무 안 하는 것은 자기 관리에 대한 성실성이 부족한 것으로 생각되어 별 호감이 가질 않습니다. 호감이 가지 않는 것은 큰소리라고는 전연 없는 남자도 마찬가지 입니다. 태고적 동굴 생활을 상상해 보십시오 큰소리를 치거나 허세를 부려서 침입하려는 적을 몰아내야 할 경우가 있지 않겠습니까.

그런데 화장을 하지 않아도 아름다운데, 더 아름답게 보이려는 욕심 때문에 필요치 않는 화장을 해서 본래보다 더 못한 꼴로 만들어 놓는 경우가 많습니다. 특히 10대, 20대의 청춘을 한 번 생각해 보십시오. 이 시절은 젊음 그 자체가 아름다움이요 싱그러움이 아니겠습니까. 그런데 요사이 젊은이들은 왜 그 젊음을 그 비싼 화장품으로 '도배'를 해 버리는지 이해가 잘 안 갑니다. 결혼식장에 가보면 지나친 화장으로 '놀란 토끼'가 된 신부들이 많지요.

화장은 사회생활에서 소속 욕구의 표현이라고 볼 수 있습니다. 누구를 막론하고 사회적으로 로빈슨 크루소(Robinson Crusoe)가 되는 것은 원치 않습니다. 우리는 남과 더불어 사는 데서 안정감과 소속감을 느낍니다. 그런데 이 안정감과 소속감이란 홍수가 나고, 무서운 짐승들이 우글거리던 동굴 생활 시대에는 혼자 있기보다는 여럿이 떼를 지어 있는 것이 안전하다고 생각한 데서 시작한 인간의 성향입니다. 그런데 화장을 남과 생판 다르게 했다고 상상해 보십시오. 사회적으로 고립될 확률이 더 클 것입니다. 이런 의미에서 화장은 '나도 좀 끼워 주십시오' 하는 사회적 진정서에 지나지 않지요. 소속과 인정 욕구의 표현입니다.

요사이는 남자들도 여자처럼 화장을 하는 사람들이 많다고 합니다. 울퉁불퉁 근육질 체격에 대한 필요성이 그전에 비해 많이 줄어들었다는 말입니다. 주먹 대신 총이 있고, 외부 침입자를 막아주는 경찰이 있고, 시비를 가려주는 데는 법관이 있는 세상이 아닙니까. 주먹이 별 볼일 없는 세상이 되었지요. 이런 세상에는 외모나 완력이 여자같이 곱상하게 생긴 남자도 가슴을 펴고 살아갈 수 있지 않겠습니까. 그런데도 여자들의 화장은 물론이고 남자들의 큰소리도 날이 갈수록 더 심해가니 알다가도 모를 일입니다.

(2007. 5.)

전자우편

　나는 전자우편, 인터넷, 휴대전화니 하는 것들에 별 호감이 없다. 그러니 이 문명 시대에 전자우편 같은 것을 좋아하지 않는다는 것은 문화적으로는 아직도 원시 동굴 속 생활을 면치 못하고 있다는 말이다. 한국 E대학교에 있을 때는 때마침 정부에서 대학의 연구 활성화를 위해 BK-21(Brain Korea 21) 이라는 대대적인 연구지원사업을 시작하는 덕분에 내 연구실에도 5명의 대학원 조교들을 둘 수 있었다.

　내 연구실 조교들은 그야말로 여러 가지 면에서 뛰어난 능력을 가진 두뇌들, 이 똘똘이들 덕분에 나는 컴퓨터 키 한 번 만지지 않고 6년 반을 편하게 지내다 왔다. 좀 부끄러운 이야기지만 은퇴한 지금도 나는 2008년 봄으로 출간 예정을 하는 다음 수필집 육필(肉筆: 손으로 씀) 원고를 한국으로 보내면 옛날 대학원 조교였던 Y양이 타이핑을 해서 캐나다로 보내준다. 한 번 해병이면 영원한 해병이라는 말이 있다더니.

무슨 이유로 이런 것들을 별로 좋아하지 않을까. 나도 시원한 대답을 할 수가 없다. 왜 짜짱면보다 우동을 더 좋아하느냐는 물음에 논리적인 답변이 있을 수 없는 것과 마찬가지가 아닐까.

사람이 살아가는데 모든 게 너무 꽉 짜여 있어서 빈틈이랄까 어수룩한 구석이 없으면 '사는 맛'이랄까 '재미'가 없다고 생각해서 그런 것 같다고 하면 좋은 이유가 될까, 변명이 될까. 전자우편, 인터넷, 휴대전화니 하는 전자 제품에는 이 빈 구석이 없이 신속, 정확을 너무 강조한다는 생각이 든다.

물론 이 '재미'니 '사는 맛'이란 것도 어디까지나 내가 규정한 재미요, 내가 규정한 맛이다. 주위에서 일어나는 일뿐 아니라 사람도 그런 것 같다. 사람들은 좀 어리숙하고 어딘지 한 구석이 빈 듯한 데가 있는 사람에게 더 매력을 느낀다. 성현들을 봐도 그들은 신체적으로는 육체미가 넘쳐흐르고 정신적으로는 빈틈없고 날카롭기 칼날 같은 사람들로 보이지는 않지 않는가.

옛날 중국에 곽휘원(郭暉園)이란 사람이 먼데 벼슬살이를 하면서 자기 아내에게 편지를 보내는데 잘못하여 백지를 넣어 보냈다. 그의 아내가 남편에게서 온 봉투를 뜯어보니 안에 아무것도 없이 달랑 빈 종이 한 장뿐이 아닌가. 곧 바로 답을 써 보냈다.

푸른 비단 창 아래서 어르신께서 보낸 편지를 뜯어 보니 처음부터 끝까지 흰 종이 뿐이오라. 아마도 어르신께서 이별의 한(恨)을 품으시고 말 없는 가운데 저에 대한 그리움을 담으신 줄 아옵니다. (碧紗窓下啓緘封 …憶人全在不言中)

꿈보다 해몽이 좋다. 이 얼마나 아름다운 실수에 얼마나 재치 있는 대답이냐! 서울대학교 교수로 있다가 북으로 간 미술평론가요 수필가인 김용준은 곽휘원의 실수를 보면 그의 꿈, 그의 이상이 어느 곳에 몰렸는지 대번 알겠으며, 그의 성격은 시인이나 화가가 되기에 충분하다고 하였다. 어느 한 모퉁이에 빈 구석이 없고서는 시(詩)나 그림이 나올 수 없다는 것이 김용준 교수의 주장이다.

애기가 다른 데로 갔다. 전자우편이나 인터넷에 지나치게 의존을 하면 우리의 인간 관계는 나 ↔ 컴퓨터에 한정될 위험이 있다. 나 =컴퓨터= 세상살이란 말이다. 그리고 또 한 가지, 전자우편에서 오고 가는 정보는 어디까지나 감정은 뺀 정보라는 것을 잊어서는 안 된다. '너무 외로 워서 눈물이 나요'라는 메시지는 보낼 수 있지만 외로운 감정, 그 감정의 결과로 흐르는 눈물, 아래로 축 처진 목소리는 메시지로 보낼 수 없지 않는가. 미끄러지고 넘어지지 않는 산길은 오르는 재미가 적은 것처럼 쓰다듬고, 달래고, 목소리를 높였다 낮추었다 하는 부대낌이 없는 인생은 재미가 적다. 아무튼 나는 전자우편을 별로 좋아하지 않는다.

(2007. 4.)

공항

　내가 난생 처음 비행기를 타본 것은 1966년 9월 12일, 유학을
떠나는 길, 당시 김포국제공항이라 불리는 곳에서였다. 비행기
로 가는 출구(出口)를 지나기 전, 내 여권을 쥐고 들여다 보던 공
항 직원이 얼마나 서슬이 퍼렇고 엄숙하게 보이는지 하늘에 계
신 옥황상제인들 저보다 더 엄숙해 보일까 하는 생각이 들었다.
　공항 직원이 내 여권을 들여다보는 몇 초는 내게는 몇 초가
아니라 몇 시간이나 되는 것 같았다. 그 때는 아무나 빨갱이로
몰리면 그만이던 시절, 직원이 '이리 잠깐…' 하며 대열에서 나
오라고 눈짓만 하면 나는 유학이고 뭐고 다 끝장인 것이 아닌
가. 나 같은 순하디 순한 양(羊)도 '사상이 의심스러운 사람'으로
찍혀 신원조회에 문제가 있었기 때문이다. '자라 보고 놀란 놈
솥뚜껑 보고 놀란다'는 말처럼-.
　나는 아직도 '관리는 높고 백성은 낮고 천하다'는 500년 전통
의 관존민비(官尊民卑) 사상의 후유증에 시달리는 사람, 경찰관

이나 면서기 나리만 봐도 공연히 겁이 덜컥 난다. 그런데 이 관존민비 사상은 김대중 대통령 때부터 급격히 줄어들기 시작해서 노무현 대통령에 와서는 거의 없어지지 않았나 생각된다. 박수를 보낼 일이다.

요새는 관존민비가 아니라 그 반대인 민존관비(民尊官卑) 세상이 온 것 같다. 좋은 세상. 한국에 있을 때 내 눈으로 직접 본 일이다. 네거리에서 교통위반을 한 혐의로 자동차를 세우라는 지시를 받은 어떤 30대의 운전사가 자기 승용차에서 나오자마자 순경에 달려들어 발로 차고 주먹질을 해대는 어처구니 없는 행패를 부리는 것이 아닌가. 이런 버릇없는 망나니를 볼 때는 독재자 박정희나 전두환이 다시 돌아와서 '끽'소리도 못하게 삼청교육대고 어디고 보내버렸으면 좋겠다 싶은 생각도 들었다. 그러나 전쟁이라도 나면 이런 용감무쌍한 사나이들이 필요하지 않을까?

공항은 보내는 슬픔과 맞는 기쁨이 나란히 있는 정거장이다. 옛날, 그 옛날, 그러니까 내가 유학을 떠나던 1966년만 해도 공항에 나가 보면 비행기가 활주로를 떠나서 하늘 저편으로 가물가물 사라질 때까지 작별의 손을 내리지 않는 풍경을 가끔 볼 수 있었다. 이만큼 이별의 정이 아쉬웠던 것이다.

아들이나 딸을 멀리 보내는 부모의 모습을 보면 그 표정이 너무나 절실해서 숭고해 보이기까지 하다. 어떤 배우가 그 표정을 연기로 나타낼 수 있을까! 구태여 문자를 쓰자면 지고지순(至高至純: 티 없이 높고 더할 나위 없이 지극히 순결함)의 표정들이다.

그러나 요사이는 이런 풍경은 눈에 띄지 않는다. 인정이 말라붙어 그런 것은 아닐 것이다. 교통통신의 발달로 이제는 세계 어느 구석엘 가도 24시간 안으로 만나 볼 수 있고, 어디서든지 전화로 이야기를 나눌 수 있기 때문이다. 우리가 아껴 부르는 가곡 「동심초」의 "만날 날은 아득타 기약이 없네…"는 어디까지나 노래로만 남아 있는 시구가 되고 말았다.

요사이는 공항 세관을 통과하는 풍습도 달라져서 가방도 열어 보지 않고 그냥 쑥쑥 나가는 곳이 따로 생겼다. 옛날에는 가방 안에 든 물건을 두고 세관원과 말다툼에 가까운 큰 소리가 오갔지 않는가.

인천 공항에서는 그처럼 위풍당당하던 모습이 토론토 공항에 내려서는 양(羊)같이 순한 고분고분이가 된다. 그 씩씩한 기상은 어디로 갔는가? 아, 그렇고 보니 여기가 나를 가두는 산수갑산이네.

(2006. 12.)

전문가

    프랑스의 유명한 축구선수 중에 지단(Zidane)이라는 사람이 있다. 그는 프랑스 지중해 연안의 항구도시 마르세이유 어느 빈민촌에서 온 난민 출신이다.

    그가 2006년 독일에서 열렸던 축구의 올림픽이라고 할 수 있는 월드컵, 자기 나라 프랑스와 이태리 결승전에서 이태리 선수 한 사람의 가슴을 머리로 들이받아 이태리 선수는 그대로 뒤로 나둥그러지고 이 행동으로 그는 경기에서 퇴장 명령을 받았다. 나이가 서른 중반을 넘어선 백전 노장이 무슨 말에 그렇게 화가 나서 경기에서 퇴장 명령을 받을 행동을 했을까? 그것도 다름아닌 월드컵 결승전에서.

    이 돌발적이고 무모한 행동의 동기를 두고 무수한 추측들이 나돌았다. 여러 나라 언론들은 상대방의 입술 움직임을 보고 무슨 말을 하는지를 알아내는 독순술(讀脣術), 영어로 말하면 lip-reading을 하는 전문가들을 동원해서 이태리 선수가 말한 내용을 알아 보았다. 대표적으로, 영국 신문이나 방송에서는 이태리 선수가 지단을 '거짓말쟁이'라고 놀렸다고 보도한 신문, "지단 너의 온 식구가 비극적인 종말을 맞기를 바란다"는 악담을 말했다고 보도한 신문이 있는가 하면 브라질 어느 신문에서는 지단의 누이동생이 "테러리스트 출신 창녀"라 말했다는 기사 등 갖가지였다. 그런데 이 모두가 독순술 전문가들의 '전문적' 판단 결과이다.

이것을 보니 내가 30년 전쯤 겪은 일이 생각난다. 캐나다 동부 온타리오 주 웨스턴 온타리오대학교에 있을 때였다. 어떤 롱(聾) 학생(말을 듣지 못하는, 소위 말하는 귀머거리) 하나가 내가 가르치는 대학원 과목을 듣고 싶은데 수화(手話)를 하는 사람과 강의시간에 함께 들어와도 되겠느냐고 나의 양해를 구해왔다. 나는 속으로 '내 강의가 명 강의로 소문이 났나 보다' 생각하고 으쓱해 했다. 그 다음주부터 이 학생은(이름이 K로 시작되던가?) 수화전문가 한 사람을 데리고 내 강의실에 들어왔다. 그래서 내가 강의를 하면 곧 바로 수화로 그 롱 학생에게 전해주곤 했다.

그런데 몇 주가 안돼서 그 수화전문가에게서 전화가 왔다. 내 입술 움직이는 것이 서양 백인들과 달라서 수화가 무척 어렵다는 것이다. 아마도 K가 내 강의에 알맹이가 없거나 내 영어가 말이 아니라고 생각한 모양이다. 아무튼 그 순간부터 '이동렬의 명 강의와 그의 자존심'은 천길 만길 아래로 떨어지고 그 수화전문가도 K도 두 번 다시 얼굴을 보이지 않았다.

다른 사람의 행동을 보고 그 의미가 무엇인지를 알아내는 데는 해석 혹은 추리를 해야 한다. 밥을 빨리, 그리고 많이 먹는 사람을 보고 우리는 그가 '배가 고프구나'를 추리한다. 그런데 그 추리가 잘못 빗나갈 경우가 있다. 음식이 너무 맛있어서 빨리, 많이 먹을 때는 앞의 해석이 빗나가는 것이다.

물리학이나 화학 같은 자연과학에서는 관찰도 비교적 쉽거니와 그 관찰에서 나온 해석도 쉽다. 그러나 사람을 연구대상으로 하는 심리학이나 사회학, 문화인류학 같은 소위 사회과학분야에서는 관찰하기도 어렵거니와 관찰한 것에 해석을 붙이는 것은 더더욱 어렵다. 전문가의 의견이라고 해서 그 의견이 하나로 일치하는 경우는 극히 드물다. 어떤 때는 전문가 세 사람이 내놓은 전문적 해석이 다 다른 경우가 있다. 그러니 거기에 대한 '확실한 대답은 없다'거나 세 가지 견해를 하나 하나씩 설명해주는 것이 가장 정직한 '전문적인 견해'일 때가 많다.

그러나 일반 대중이 바라는 것은 그렇지 않다. 일반 대중은 한가지 대답, 그것도 간단 명료한 대답을 바란다. 일반 사람들 앞에서 말을 할 때는 정답이 없어도 있는 것처럼, 확실한 것이 아닌데도 이미 결정난 것으로, 자신만만한 태도로 대답을 내놓는 사람이 인기가 있다.

교사도 그렇고 의사, 변호사도 그렇다. '한 번 척 보면 다 알 수 있다'거나 '그 병은 무슨 병인 것이 틀림없다'는 자신만만한 견해 뒤에는 엄청난 잘못이 도사리고 있을 때가 있는 것이다.

대중의 요구에 밀려서 어떤 때는 보지도, 듣지도 않고도 먼 훗날 어떤 일이 일어날 것이라는 것까지 훤히, 자신 있게 알고 있는 사람이 있다면 그는 점쟁이와 다른 게 없지 않을까.

(2006. 7.)

살인

　우리는 왜 다른 사람이나 집단을 헐뜯거나 싸우고 죽이기까지 하는가? 십계명에 '살인하지 말라'는 말이 있은 지 십수백 년이 되었지만 다른 사람의 생명을 의도적으로 끊어버리는 살인은 여전히 신문 사회면을 장식하고 있다. 중동에서는 하루 수십 명의 억울한 목숨들이 '살인하지 말라'는 십계명을 이 지구상에서 가장 열렬히 신봉한다는 미국이라는 나라의 군인들에 의해 죽임을 당하고 있지 않는가.

　도대체 공격적 행동의 궁극적 표현인 살인은 어디에서 오는 것일까. 1940년대까지도 막강한 인기를 끌었으나 지금은 현대 심리학자들에 의해 무시 내지 배척을 받고 있는 프로이트의 정신분석에 의하면 인간에게는 공격 본능이 있다고 한다. 이 이론을 따르면 '죽음 본능' 같이 그 목표가 자기 자신에 향할 때도 있고, 자기 아닌 외부로 향할 때도 있다. 그런데 공격 본능은 문자 그대로 하나의 본능이기 때문에 인간들은 이를 줄일

수는 있어도 완전히 없앨 수는 없다고 한다. 이 주장이 '참'인지 '거짓'인지는 경험적 자료를 내 놓지 않고 있으니 검증할 길이 없다.

이러한 프로이트 이론은 현대 행동주의 심리학자들에게는 이미 '물 건너 간 것'으로 인정되었으나 문외한들의 입에서는 아직도 흥밋거리로 오르내리고 있다. 얼른 설명하기 어려운 인간 행동은 모두 본능 탓으로 돌려 버린 결과 본능적 행동의 수가 폭발적으로 늘어버렸기 때문이기도 하지마는(예: '자기 집 뒷마당에서 딴 사과는 잘 먹지 않는 본능이 있다') 인간의 사회적인 행동을 본능이라는 이름표를 붙여 설명하는 데는 문제가 많기 때문이다.

프로이트의 학설 말고도 공격 행동을 학습이론으로 설명하려는 사람들이 있는데, 이들은 언론 매체, 현대 생활의 고립, 비좁은 거주 공간, 공격 행동을 권장하는 문화를 그 원흉으로 꼽는다. 신문이나 방송이 있기 전부터 살인 행위는 있었으니 공격 행동의 근원을 그런 데서 찾을 수는 없는 것이 아닌가.

진화심리학이 내놓는 공격적 행동이 생겨난 데 대한 이론도 허황되게 들리기는 마찬가지다. 다른 점이 있다면 진화 심리학에서는 정신분석과는 달리 이 학설이 '참'이나 '거짓'이냐를 간접적으로나마 추리해 볼 수 있는 '객관적'인 자료를 내놓는다는 것이다. 또한 한 가지가 아니라 6, 7개의 진화심리학에 기반을 둔 이론이랄까 가정이 있다.

그 중에서 내게 가장 그럴듯하게 들리는 주장은 공격적인 행동은 '자원 확보를 위한 경쟁 때문에 시작된 것'이라는 짧디 짧은 설명이다. 즉 인간은 자기 종족의 계승을 위해 땅이나 먹거리, 이성(異性), 도구나 무기, 힘 등 살아 남는데 필요한 자원을 확보하려고 경쟁하는 존재, 살인이나 전쟁 같은 극단적인 공격 행동은 이 자원 확보를 위한 책략에서 연유한 것이라는 것이다.

이 지구상에 있는 4000 종류 이상의 포유(哺乳: 어미가 젖으로 새끼를 기르는 것) 동물 중에서 패거리를 만들어 다른 동물을 공격하는 것은 단 2종류, 즉 침팬지와 인간밖에는 없다고 한다. 그런데 어느 사회를 막론하고 남을 죽이는 것 같은 극단적인 공격 행동은 단연 여자보다는 남자가 더 많이 저지른다. 1965년에서 1980년까지 15년 동안 미국 시카고에서 보고된 살인범의 86%가 남자였고 이 중 80%는 그 희생자 역시 남자였다. 왜 그럴까?

포유 동물은 몸안에 새끼를 배기 때문에 후손, 즉 자기 새끼를 퍼뜨릴 기회는 수컷이 암컷보다 훨씬 더 많다. 그런데 자녀 생산의 기회에 있어서 '가진 자'와 '가지지 못한 자'의 차이가 크면 클수록 암컷을 차지하기 위한 수컷들의 경쟁은 치열해진다. 예로, 미국 캘리포니아 연안에 사는 해마(海馬)는 전체 인구의 5%밖에 안 되는 극소수의 수놈들이 전체 85%나 되는 신생 아들의 어버이시라고 한다. 말하자면 5%에 해당하는 어르신네들이 제각기 삼천 궁녀를 거느리고 있다는 말이다.

그런데 수컷 중에 모시고 있는 사모님의 수(數)로 보면 '있는 자'와 '없는 자'간 차이는 그 종족의 암수간에 겉으로 나타나는 몸집 크기와 연결된다. 앞서 말한 해마는 수컷이 암컷의 4배가 되고, '있는 자'와 '없는 자'의 차이가 비교적 적은 침팬지는 수

놈이 암컷의 2배, 인간은 남자가 여자보다 약 1.2% 더 크다.

　수컷 간에 경쟁이 치열하면 할수록 암컷 확보에 불리한 위치에 있는 수컷들은 다른 수컷에게 더 위험하고 극단적인 방법을 쓴다. 사람의 경우, 살인에 관한 통계를 보면 부유하고 결혼을 한 사람보다는 가난하고 결혼을 하지 못한 남자들이 살인을 저지를 확률이 훨씬 많은 이유가 여기에서 시작되었다는 것이다.

　지금까지 길게 늘어 놓은 내용의 요지는 다음과 같다. 진화 심리학으로 보면 남을 공격하는 행동, 예로 살인 같은 극단적인 공격적 행동은 5만년 전 동굴 속에서 생활을 하던 우리 조상 때부터 생존 경쟁에서 살아남는데 도움이 되었던 심리적 기제들이 꾸준히 대를 물려 진화되어온 유산이라는 것이다.

　이 말은 살인이나 전쟁이 여성 때문에 일어난다는 말이 아니고, 이런 공격적 행동의 애당초 원형이 이렇게 시작되었을 것이라는 하나의 추측에 불과하다. 사람들이 자기 자녀를 증산하려는 의식, 무의식적인 욕망이 있다는 말도 아니고 욕망이 차면 방출되어야 한다는 공격 본능이 있다는 말도 아니다.

　여러 문화권을 비교해 보아도 살인을 저지르는 것은 일반적으로 남자측이다. 이것은 이성 확보를 위한 경쟁에서 시작한 진화 과정이 우리 속에 프로그램 되어 있기 때문이라는 해석이다.

　그러면 여자는 공격적 행동을 안 한다는 말인가? 아니다. 여자도 공격적인 행동을 한다. 그런데 여자는 주로 상대방을 말로 헐뜯고 용모나 신체를 비하하는, 즉 자녀 생산에 있어서 그 가치를 낮추려는 욕설 따위의 행동을 많이 한다고 한다. 그러니 일반적으로 여자의 공격적 행동은 남자보다 덜 격렬하고 덜 위험하다.

물론 요사이 들어 여자들이 공격적 행동을 일으키는 횟수가 급격히 올라가고 있다. 그러나 이 말은 살인 같은 격렬한 범죄가 늘어간다는 것은 아니다. 진화 심리학자 Daly의 주장에 의하면 이 지구상에는 여자들이 남자들과 맞먹는 수준에서 살인 같은 극한적인 공격 행동을 저지르는 사회는 없다.

오늘도 텔레비전을 켜니 이라크에서 군인 몇 명과 민간인 몇 명이 죽었다는 사실을 무슨 일기예보나 하듯이 천연스러운 표정으로 보도한다. 한 사람 죽이는데 미화 만 불 이상의 돈이 든다 하니 돈 많은 나라 미국이나 할 수 있는 일이 아닐까. 이쪽에서 보면 전쟁, 저쪽에서 보면 살인이다.

진화심리학이고, 죽음 본능이고, 학습이론이고 다 집어 치우고 지금 당장 중동에서 저질러지고 있는 집단 살인, '평화를 위한 전쟁'이라는 사탕 발림 아래 용인되고 있는 이 처참한 비극을 끝낼 수는 없는가? 하나님은 무엇을 하고 계시는가?

(2007. 5.)

매력

여자대학교에서 분필을 쥐었던 이유로 학생들에게 신랑 후보자가 될 자격이 있다고 생각되는 총각들을 소개한 적이 여러 번 있었다. 후보생들은 주로 해외 교포 2세로 여러 가지 이유로 한국을 방문한 총각들이었다. 두 나라 젊은이들 사이에 아름다운 인연의 다리를 놓아 주는 실로 거룩하고 뜻 깊은 행사가 아니겠는가!

지금까지 다섯 번 넘게 벌인 시도였으나 성공해서 결혼까지 간 사례는 꼭 2번밖에 되질 않았으니 좋은 성적은 못 된다. 그러나 "뜻이 있는 곳에 길이 있다"는 말만 믿고 건수(件數)가 있을 때마다 새 마음과 굳은 결심, 그야말로 지성을 다해서 시도했다.

만나고 온 총각에 대한 우리 학생 쪽의 인상을 들어보면 '매력이 있다, 없다'는 말이 가장 자주 등장된다. 그런데 젊은이들에게 이 매력이란 말은 키라든가 외모에만 쏠려 있는 것 같지만 반드시 그런 것만은 아니다. 매력은 행동거지, 인품, 말씨, 성격, 기품 등 실로 넓은 영역에 걸치는 말이다. 생각이 깊은 학생일수록 인품 같은 겉으로는 잘 보이지 않는 특성을 중요하게 여기는 것 같다.

매력이란 어디에서 오는 것일까? 어떻게 하면 나의 매력을 올릴 수 있을까? 사람은 타고 날 때부터 다른 사람과 어떤 유대를 맺고 싶어 한다. 이것이 바로 사교성과 매력의 시작이다. 그럼 왜 다른 사람과 유대를 맺고 싶어 할까? 이에 대한 답은 태고적 동굴에서 살던 때의 생활환경을 상상해 보면 쉽게 얻을 수 있다. 태고적 원시인은 그가 혼자 있을 때보다는 다른 원시인들과 무리를 지어 있을 때 더 안정감을 느꼈을 것이다. 우선 여럿이 같이 있으면 무서운 짐승의 침입을 막을 수 있으며, 다른 부족의 공격을 물리칠 수도 있고, 홍수나 산불 같은 재해로부터 헤어나기가 쉬울 것이 아닌가. 물론 자기의 씨를 뿌려 줄 이성(異性)을 만나기도 쉽고

다른 사람과 유대를 맺고 싶은 동기가 곧 사교성의 근원이다. 오늘날의 동창회, 향우회, 계모임, 동갑내기 모임, '짜장면을 좋아하는 사람들의 모임(짜사모)', '함께 배를 탔던 사람의 모임'이니 하는 것은 이 유대를 맺고 싶은 욕구라고 볼 수 있다. 현대 심리학 실험실에서도 약한 '전기충격'이 있을 것을 예고한 실험을 기다리는데 '혼자 빈방에서 기다릴 수도 있고 '여러 사람들과 함께 기다릴 수도 있는 선택을 주면 대부분이 여러 사람들과 함께 기다리는 조건을 택한다. 전기충격이 없다고 예고한 실험조건과는 다르다. 이처럼 우리는 '위기'에 처했을 때 더 남

과 함께 있고 싶어 하는 것이다.

　사람은 누구나 매력 있는 사람으로 보이고 싶어 한다. 매력이 없는 사람으로 보였다가는 남과 긍정적 유대를 맺기가 어렵다. 그런데 매력이 형성되는 데는 몇 가지 원리가 있다. 첫째는 반복 노출의 원리다. 아무 의미가 없는 글자나 단어, 의미가 없는 모형이라도 자꾸 되풀이해서 노출시키면 노출되지 않았던 글자나 단어, 모형보다 더 호감과 친근감이 생겨난다는 것이다. 우리 속담에 "곰보도 자주 보면 미인"이라는 말과 같다. 주현미라는 가수가 부른 노래에 "또 만났네, 또 만났어, 야속한 그 사람, 약속이나 한 것처럼 또 만났네…"로 시작되는 「또 만났네요」라는 노래가 있다. 둘다 자꾸 보면 매력이 생겨나기 쉽다는 속담이요 노래다.

　둘째 원리는 첫째 원리와 관계가 깊은 것으로 근접의 원리다. 가까운 집, 한 학급에서도 서로 가까운 자리, 가까운 직장… 등 무엇이든 물리적으로 서로 가까운 자리에 있으면 매력이 생겨나기 쉽다는 말이다. 한 마을에 살던 갑돌이와 갑순이가 사랑을 했다지 않는가. 우리 속담에 "마음이 천리면 지척(매우 가까운 곳)도 천리"라는 속담이 있다. 뒤집어 말하면 '서로 지척에 있으면 마음도 가깝다'는 말이다.

　셋째 원리는 유사성의 원리다. 두 사람이 취미, 흥미, 정치적 견해, 생활방식, 세상을 내다보는 눈 등 무엇이든지 비슷한 점이 많으면 매력이 생겨나기 쉽다. 두 사람이 눈에 띄게 서로 다를 때는 상대방의 다른 점에 끌리어 되려 매력이 생겨난다고 믿는 사람들이 많다. 그렇지 않다. 여러 가지 중에서 서로 다른

점 한두 가지가 인상적으로 기억에 남아 있어서 그렇게 생각되
지 나머지 다른 것들은 두 사람이 비슷한 경우가 많다.

　아무리 매력의 원리가 어떻고 떠들어도 젊음이 주는 싱그러
움보다 더 매력적인 것이 있을까. 젊음, 어디서 그 힘찬 매력이
뿜어 나올까. 젊음이 주는 매력은 앞에 늘어놓은 매력의 원리
고 뭐고 마구 휩쓸고 내려가는 도도한 물줄기와 같다. 젊음은
곧 매력이요. 매력은 곧 젊음이다.

(2006. 7.)

명예욕

다음 두 경우를 상상해 보자. 경우1: 병원을 짓는데 기금이
필요합니다. 여러분의 성의가 닿는 데로 기부금을 내주시면 고
맙겠습니다. 경우2: … 기부금을 낸 분은 동판(銅板)에 이름을
새겨 새 병원 벽에 붙이겠습니다.

위의 2 경우, 십중팔구 당신은 경우 2에 훨씬 더 많은 돈을
기부 할 것이다. 사람은 자기 이름 남기기를 좋아한다. 사실 이
름뿐이 아니고 내[我]라는 존재를 남기는 일, 이를테면 감투나
직위, 포상 같은 것을 얻으려고 쉴 새 없이 노력한다. 소위 명
예욕이란 게 뒤에서 이를 부추기기 때문이다.

명예욕이란 사회적으로 뛰어났다고 인정을 받을만한 어엿한
이름이나 자랑을 얻고 싶은 욕심을 말한다. 이 세상에 명예욕
이 없는 사람이 어디 있을까. 명예욕이 너무 지나치게 많은 것
도 문제지만 너무 없는 것도 문제다. 그러면 이 명예욕은 도대
체 어디에서 오는 것일까? 이에 대한 추측을 하기 위해서 윤회

사상과 이기적 유전자 개념을 빌려와야겠다.

이 세상에는 죽음이라는 것이 있고 언젠가는 자기도 죽을 날이 있을 것이라는 것을 알고 이에 대비하는 동물은 인간뿐이라 한다. 죽음을 생각하기도 싫으리만큼 무섭고 끔찍한 것이다. 이 죽음에 대비하는 수단으로 꾸며 만든 2가지 책략을 보자.

첫째는 우리 인간이 죽어도 죽지 않고 다시 다른 형태의 동물이나 식물로 태어난다는 윤회(輪回)사상이다. 윤회사상은 기원전 8세기에서 7세기경에 인도 우파리샤드 철학에서 나왔다 한다. 고대 그리스에도 인도의 그것과 비슷한 윤회관념이 있었는데 예로 플라톤 같은 철학자는 영혼불멸을 말하면서 죽으면 영혼이 인간 이외의 동물이나 식물로 탈바꿈하여 다시 세상에 태어난다는 요지의 윤회설, 즉 영혼은 이 세상에서 저 세상으로 갔다 다시 온다고 하였다.

그런데 윤회관념에는 현실적인 것은 없다. 사람은 죽음을 체험하지는 못하기 때문에 죽음은 다만 이론적으로 그 존재를 이해하고, 머리로는 알고 있지만 현실적으로 보거나 만져서 실감할 수는 없다. 그러므로 죽은 뒤의 세계가 어떠하리라는 것은 이해할 수 없는 관념의 세계에 불과하다. 그러나 사람들은 윤회관념에 나오는 지옥이나 극락/천당이 실제로 존재한다고 믿었고, 그것을 증명하려고 온갖 노력을 기울였다.『동물이 보는 세계, 인간이 보는 세계』라는 책을 쓴 일본 사람 히다카 도시다카는 이것을 하나의 일루션(illusion: 착각)이라 불렀다. 이 윤회설은 일루션의 세계에서는 매우 현실적인 감각을 불러 일으킨다는 것이다. 예로 종교적 믿음을 체험했다는 사람들이 대중 앞에서 '기적'을 일으켜 증명해 보이려는 것 등이다.

죽음에 대비하는 또 하나의 대책은 자기의 유전자, 즉 자기의 DNA를 가진 후손을 퍼뜨리는 것이다. 이 점은 동물들이 목숨을 내 걸고 암컷을 차지하려고 싸우는 것과 마찬가지로 자기의 DNA를 계속 이어감으로써 개체 영생의 염원을 실현하겠다는 것이다.

그런데 『이기적 유전자』라는 책을 펴낸 동물행동학자 도킨스(Richard Dawkins) 교수에 의하면 1950년대까지만 해도 동물은 자기 종족을 유지하기 위해서 산다는 종족보존설이 지배적이었다. 종족보존을 하지 않는 종(種)은 종족을 계승할 수 없었기에 오늘까지 살아남지 못하고 멸종한 것이 이 주장을 지지하는 보조 자료다.

그러나 1960년대에 들어서서 동물사회에 대한 생태연구랄까 야외연구가 활발해지면서 앞서 말한 종족보존보다는 개체보존 내지 이기적 유전자 개념이 유행하였다. 이 개념의 요지는 이렇다. 동물과는 달리 인간은 자기 유전자만 전하는 것으로 만족하지 않고 이 세상에 자기가 존재했었다는 증거가 자기가 죽은 뒤에도 영원히 남아있기를 원한다. 시인이 쓴 시(詩), 소설가가 쓴 소설, 화가가 그린 그림, 음악가가 남긴 작곡, 패션 디자이너가 남긴 유행 등은 본인이 죽은 지가 수백 년이 지나도 활용되지 않는가. 자기 이름을 딴 도시, 건물, 동상(銅像), 자기 이름의 장학금이나 문학, 예술, 과학상은 이 세상에 존재했었다는 좋은 증거품이요, 이 남기고 간 유품들이 곧 문화를 이룬다. 인간은 자기가 죽은 후에도 자신의 유전자뿐만 아니라 자기에 관한 문화적 일체도 널리, 그리고 오래도록 남아 있기를 바란다. 이것이 곧 명예욕의 시작이라 할 수 있다.

명예란 이기적 유전자 개념에서 시작하는 것이 아니겠느냐는 말을 하다 보니 이렇게 긴 말이 되었다. 그런데 세상 명예 다 버리고 살 수만 있다면 오죽 좋겠는가. 명예를 지나치게 열심히 쫓다 보면 주위 사물을 '내 명예욕을 만족시키는데 얼마나 큰 도움이 되는가?' 하는 척도에 따라 아래위로 훑어 보게 되니 자연히 사람을 자기 목적 달성을 위한 하나의 수단으로 보게 되기가 쉽다. 그렇기 때문에 명예는 가끔 '더럽다'는 수식어가 붙고 명예욕이 너무 많은 사람은 남들과의 교제에서 정성이 적고 인정의 오고감에 깊이가 없다.

한편 명예욕이 너무 없는 사람도 문제다. 사람이 보람 있는 일을 계획하고, 지도자의 자리를 노리고, 빠른 진급을 바라고, 좋은 집, 좋은 자동차를 탐내는 것도 뒤에서 명예욕이 부추긴 경우가 많지 않는가.

명예욕에는 포만상태가 없다. 가지면 가질수록 더 가지고 싶은 것이 명예욕이다. 과자나 밥은 먹을 만큼 먹으면 더 먹고 싶은 생각이 없는 포만상태가 온다. 그러나 명예욕은 한도 없고 끝도 없다. 이 포만상태가 없다는 사실은 그것을 바라는 사람들을 파괴의 구렁텅이로 몰아넣을 경우가 있음을 암시한다. 명예에 대한 지나친 욕심으로 바른 길로 가질 않거나, 자기의 분수를 모르는 행동을 하다가 결국 패가 망신의 길로 들어서는 것이다. 명예를 얻고도 주위 사람들로부터 따돌림을 받는 사람들이 있다는 것은 앞뒷집 현실에서 볼 수 있지 않는가.

　독약도 적당한 양을 먹으면 병을 낫게 하는 좋은 약이 될 수 있고, 보약도 너무 많이 먹으면 몸을 해칠 수가 있다. 마찬가지로 명예욕도 그것을 얻는 방법에 따라 독약이 될 수도 있고 보약이 될 수도 있다.

(2007. 8.)

좋은 미국과 나쁜 미국

아침 신문을 보니 합동통신(Associated Press: AP) 사진기자였던 조 로젠탈(Joe Rosenthal)이라는 사람이 94세로 죽었다는 기사가 꽤 큼지막하게 났다. 로젠탈은 미국 역사에 남을 사진 한 장을 찍음으로써 유명해진 사람이다.

나이가 50이 넘은 사람들 중에 다음과 같은 장면의 로젠탈이 찍은 사진을 보지 못한 사람은 없을 것이다. 돌뿌리 뿐인 듯한 어느 척박한 산에서 철모를 쓴 미 해병대 네 사람이 길다란 장대 끝에 바람에 휘날리는 큰 성조기를 일으켜 세우려고 애를 쓰고 있는 뒷모습.

이 사진은 1945년 2월 23일 미군이 일본 이오지마(Iwo Jima) 섬을 점령할 때 찍은 것. 이오지마 섬은 동경에서 남쪽으로 1,200킬로미터 떨어진 작은 섬이다.

미 해병대 3만 명이 이오지마에 상륙하여 4일간의 치열한 전투 끝에 이 섬에서 가장 높은 165미터의 수브리바(Subribach) 산

을 점령하여 산 꼭대기에 성조기를 달아 세우려고 하는 모습이
다.

한 장의 사진은 말 이상의 말을 우리에게 전해 줄 때가 있다.
조국을 위하여 싸우는 미 해병대들이 승리의 성조기를 올리는
늠름한 모습은 전쟁에서 죽은 군인들의 가족은 물론, 수천만
미국 시민들에게 용기와 자랑스러움을 불어 넣어주는 계기가
되었다.

이 사진으로 로젠탈은 유명한 풀리쳐(Pulitzer) 상을 받았고 그
가 찍은 사진은 미국 역사에 있어서 그야말로 ‘사라지지 않는
명작이 되었다. 로젠탈에 의하면 우연히 성조기를 세우는 장면
이 눈에 들어오자 사진작가로서 반사적으로 카메라를 들이대고
셔터를 눌렀다 한다. 물론 이 사진이 그렇게 유명한 사진이 될
줄이야 본인도 상상을 못했고

그 사진을 찍은 후 어느덧 61년의 세월이 흘렀다. 사진을 찍
은 작가는 오늘 저 세상으로 갔고 그 때 성조기 깃대를 세우려
고 애쓰던 사진의 주인공들, 꽃다운 청춘의 해병대 전투원들도
거의 저 세상으로 갔지 싶다.

미국이라는 나라의 존재도 많이 달라졌다. 그 사진을 찍던 2
차 대전 중이나 전쟁이 끝난 1945~60년대에는 미국은 국제 사
회에서 가장 존경 받는 나라였다. 미국은 마음 좋은 코쟁이들
이 사는 꿈의 나라. 후진국에 막대한 경제적 지원을 하고, 학교,
병원, 공장을 세워주는 나라. 힘 없는 나라의 든든한 보호자요
언제나 기대고 싶은 믿음직한 형님. 좋은 나라 미국.

그러나 60여 년이 지난 오늘날 미국에 대한 인상은 그리 곱

지 않다. 미국은 욕심 많은 나라, 평화를 사랑한다면서 싸움하기를 가장 좋아하는 나라. 문어발처럼 이권이 있는 데라면 언제, 어디고, 어떻게 해서든지 참견을 해서 그 이권을 자기 것으로 만드는 욕심쟁이. 서로 싸움을 하는 두 나라에다 무기를 팔아 먹으며 겉으로는 싸움을 그만 둘 것을 제의하는 가면을 쓴 나라. 자기 마음에 안 들면 남의 나라 원수(元首)를 갈아치우고, 아니면 잡아다가 감옥에 쳐넣는 나라. 그러면서도 신(神)이 자기네를 보호해 준다고 큰소리치는 나라.

미국 편에서 보면 모두 이유가 있을 것이다. 미국이 없었으면 세상은 죽이고 살리는 싸움터가 되고 말았을 것이라는 주장도 한다. 그러나 애당초 미국이 끼어들지 않았거나 부추기지 않았으면 싸움터가 되지 않았을 것이라는 생각도 해볼 수 있잖을까?

미국, 그 좋은 너는 어디로 가고 나쁜 너만 남았는가. 너는 이제 교훈을 배워야 한다. 나라도 개인과 마찬가지다. 없는 나라, 가난한 나라도 자존심 하나는 있다는 것을 배워야 한다.

(2006. 8.)

미국

반드시 그렇다고는 할 수 없지만 호랑이나 사자, 이리같이 사나운 짐승들은 뿔이 없다. 뿔이 달린 짐승은 황소나 물소, 사슴같이 순해 빠진 짐승들이다.

지금 미국이 중동(中東)에서 치르고 있는 전쟁놀이를 보면 사람도 그렇지 않은가 하는 생각이 든다. 이네들은 그야말로 명분 없는 전쟁으로 죄 없는 목숨들이 하루에 수백 명씩 죽어가는데도 상당수의 미국 국민들은 아직도 이 전쟁을 지지하고 있다. 그들은 말로는 평화를 외치고 신(神)이 항상 자기들 편에 서 있다지만, 뒤로 돌아서서는 양쪽에 무기를 대주며 나라간에 전쟁을 부추긴다.

인류 역사상 미국처럼 전쟁을 많이 한 나라도 드물지 싶다. 하기야 모든 전쟁은 '전쟁을 끝내기 위한 전쟁'이라고 하니 '정의의 파수꾼', '평화의 방패'가 되기 위해서는 전쟁을 피할 수 없었는지 모른다. 그러나 어디까지나 정의라는 것도 자기들이 규정한 정의, 평화라는 것도 자기들이 규정한 평화다. Power라는 사람이 쓴 전쟁에 관한 칼럼을 보면 전쟁을 일으킨 횟수에 있어서는 미국이 단연 세계에서 첫째라 한다. 이 정도면 뿔 없는 짐승으로 불릴 수 있지 않을까.

이 같은 미국에 대한 나의 심정은 매우 착잡하다. 좋기도 하고 싫기도 한 것이다. 프로이트 정신분석에서 말하는 양향성(兩向性: 사랑과 미움 따위의 반대되는 감정이 나란히 있는 것)이라고 할까, 마치 사춘기 때 부모에 대해서 가졌던 감정, 즉 사랑하면서도 밉고, 미우면서도 사랑하는 두 가지 반대되는 감정이 뒤범벅이 된 상태와 같다.

우리는 60년이 넘는 동안 미국과 친한 관계로 지내오면서 정(情)이 들 대로 들었다. 이제는 좋아도 미국, 싫어도 미국이다. 우리가 일찍부터 미국 편에 서지 않았으면 오늘날의 자유와 부(富)를 누릴 수 있었을까 의심이 간다.

한국에 있을 때 '반미(反美)' 데모를 몇 번 본 적이 있다. 이를 보는 심정도 무척 착잡했다. 반미는 해야 되는데 해서는 안되고 '저 사람들이 미국과 관계가 틀어지면 우리에게 어떤 영향이 오는 줄 알고 저러나?' 하는 생각도 들었다.

미국은 큰 나라, 무한한 잠재력을 가지고 있는 나라이다. 그 나라에 산다는 것은 하나의 축복이요 자랑이다. 그런데 그 자랑 정도가 지나쳐서 우스꽝스러운 데로 가는, 실로 농담 같은 이야기를 들었다. 즉 유람선을 타고 지중해를 돌다 온 어느 친구가 한 말이다. 같은 유람선에 탔던 미국에서 온 한인교민들은 자기들이 미국에서 산다는 것을 그렇게 뽐낼 수 없으며, 다른 나라에서 온 교민들을 '우습게 보더라'는 것이다. 허(許) 정승댁 하인이 김(金) 참판댁 하인을 보고 자기는 정승댁 하인이라고 으스대는 꼴과 무엇이 다르랴.

한국에 있을 때 어느 성직자가 미국에 대해 쓴 글을 읽었다. 그 글의 요점은 이렇다. 미국은 이 세상에서 가장 부유하고 강한 나라이기 때문에 우리는 그저 미국이 하는 것은 무엇이든지 지지하고 협력해서 우리의 국익을 가져 오도록 해야지, 쓸데없는 반미 운동 같은 것을 해서는 안 된다는 것이다. 이 글을 읽으니 어딘지 메스꺼운 생각이 들었다. 이 성직자는 미국 때문에 중동에서 하루 수백 명의 생명이 죽어나가는 것에 대해서도 성직자로서 아무런 고민도 갈등도 해본 적이 없는 모양이다. 무척 비굴하고 단순한 사람이라는 생각이 들었다.

반미 운동은 해야 된다. 그러나 해서는 안 된다.

(2007. 2.)

사담 후세인

2007년 1월 12일자 캐나다 판 「주간 한국」에 「독재자 - 사담 후세인」 이란 제목 아래 사담 후세인의 기구한 인생이 비교적 자세하게 적혀 있었다. 그가 1937년 이라크의 티크리트주의 오우자(Owja)라는 흙먼지 날리는 작은 마을에서 태어나 불행한 어린 시절을 보낸 것, 바트(Baat)당 당원이 되어 정치에 관심을 두어 마침내 부통령에 이어 대통령 자리에 오른 것, 정권 유지를 위해 수많은 이라크 국민들을 학살하고, 나라를 전쟁으로 몰아넣은 것, 마지막으로 2003년 미국이 시작한 전쟁으로 미군에 붙잡혀 교수형을 당하기까지 이야기가 적혀있었다.

그런데 눈 여겨 볼 것은 처음부터 끝까지 후세인에 대해 부정적인 얘기들이지 긍정적인 얘기는 한 마디도 찾아 볼 수 없었다는 것이다. 몇 줄 인용해 보자.

…그는 다소 평범하며 눈에 띄지 않는 사람이었다. …지적 능력, 카리

스마, 지도자의 헌신과 열정이 부족했다. …똑똑하지 않지만 교활한 기회주의자였다. …아이들의 공격에 대비, 어린 사담은 쇠막대기를 가지고 다녔다. 후에 그 쇠막대기는 이유 없이 남을 공격하는 도구가 되었다. 그는 쇠를 뜨겁게 달궈 동물의 배를 찌르고 절반을 가르기도 했다. ….

　여기에 묘사된 후세인은 어릴 때부터 못된 짓만 골라하고 다니는 악동의 악동, 커서는 흉악하기 이를 데 없는 독재자였다. 그런데 쇠막대기를 뜨겁게 달구어 동물의 배를 찔러도 평범하여 눈에 띄지 않는다면 어떤 행동을 한 아이가 평범하지 않고, 눈에 띄이는 아이란 말인가? 후세인이 어릴 때부터 '별 볼일 없는' 중간 이하의 아이였다는 것을 지나치게 강조하다 보니 이렇게 앞뒤가 맞지 않는 말을 하게 된 것 같다.

　그러나 2007년 1월 15일자 미국에서 지식인들이 가장 많이 읽는다는 「타임(Time)」지에 묘사된 후세인을 보면 지금까지 얘기한 것과는 다르다. 후세인은 독재자였기는 하나 이라크 근대화의 아버지였다는 것이다.

　사담 후세인의 출세는 어느 정도 그의 뛰어난 행정력 때문이었다. 1969년 32살 나이에 이라크의 부통령이 된 후세인은 이라크 석유 산업의 국유화를 선포했다. 그리고 그는 석유에서 나오는 막대한 돈으로 이라크의 근대화에 착수했다. 즉, 새 길을 내고, 다리를 놓고, 학교, 병원, 공장 세우는 일을 일사천리로 해냈다. 그 결과 1970년에는 이라크는 이미 중동에서 가장 근대화된 나라, 즉 현대적이고 부강하고 굳건한 현실감각을 가진 나라가 되었다. 바그다드 대학 어느 정치학자의 말대로 "후세인은 그가 가장 나쁜 대통령이 되기 전까지는 세상에서 가장 훌륭한 부통령이었다.” … 대통령으로 독재 24년 동안 후세인은 그가 계획했던 일을 모두 성취하였다. … 그러나 이라크를 3번이나 전쟁으로 몰아 넣었으며 이 전쟁들로 인해 나라 경제는 기울고 100만이 넘는 사상자가 생겼다.

그가 2003년 미군들에 체포되어 2006년 12월 자기 목에 오랏줄이 감길 때까지 감옥에서 그의 건강을 보살피던 어느 미군 의료병 말에 의하면 그는 감옥에 있으면서 부지런히 책을 읽고, 시(詩)도 쓰고 (앞서 「주간 한국」에서 똑똑하지도 않고 지적이지도 않았다는 말에 의심이 간다: 글쓴이), 바깥 바람을 쐴 때는 남겨 두었던 자기 음식을 동물들에게 나눠주기도 했다는 것. 또한 사형이 확정되고 난 후부터는 아랍인답게, 사나이답게 죽는다며 매일의 운동량을 2배로 늘였다 한다.

「타임」지의 후세인을 보면 그는 시인의 마음처럼 연약하고 보드라운 면이 있는 사람이었다. 홍자성(洪自誠)이 그의 『채근담』에서 말한 의미 있는 구절이 생각난다. “악한 일을 행한 다음 남이 아는 것을 두려워함은 아직 그 악 가운데 선(善)을 향하는 길이 있음이요, 선을 행하고 나서 남이 빨리 알아주기를 바라는 것은 그 선 속에 악의 뿌리가 있는 까닭이다.” 한 마디로 누구나 악한 사람이 될 수 있고 누구나 착한 사람이 될 수 있다는 말이다. 아무리 훌륭하다고 칭찬받는 사람도 끔찍스럽고도 잔인한 면을 가지고 있다는 것은 앞뒷집 현실에서 보지 않는가.

그런데 우리가 읽고, 듣고, 보는 정보의 대부분은 연합통신(AP)이다, 로이터다 하는 서방 통신을 통해서 온 정보라는 것을 기억해 둘 필요가 있다. "내가 들었다", "내가 신문에서 읽었다"
거나 "내가 TV에서 직접 봤다"고 아무리 객관성을 강조해도
그 대부분이 친서방 신문, 친서방 TV, 친서방 방송이란 말. 그
러니 위험한 것은 우리는 그것이 한 번 걸러 나온 정보라는 것
을 깨닫지 못하고 보고 듣는 데 있다.

사담 후세인―그는 이제 이 세상 사람이 아니다. 그러나 그는
앞으로 중동을 연구하는 사람들에게는 사담 후세인을 연구하지
않고는 중동 연구가 불가능한, 영원히 살아있는 존재가 되었다.

2부

저 구름 흘러가는 곳

은퇴

한국 E대학교에서 은퇴하고 캐나다로 돌아와서 토론토 공항 근처에 방 2개가 있는 콘도미니엄에 이삿짐을 풀었다. 어느 재벌의 화장실보다 클까말까한 공간에서 내 은퇴 생활의 막이 오른 것이다.

너무 좁다 보니 살림살이를 어디고 쑤셔 넣을 곳이 없다. 그래서 많은 물건이 쓰레기통으로 가야 하는 운명 ―. 버리느냐 마느냐를 두고 아내와 하루 종일 승강이를 벌였다. '무엇이든 앞으로 1년 안에 쓰지 않을 물건이면 버려야 한다. 이 나이에 값어치 있는 것이 건강 말고 또 뭐가 있는가? 버리자 버려…' '버리자'는 말이 무슨 혁명 공약이나 되는 것처럼 장례식 분위기의 지극히 엄숙한 표정으로 '선포'를 했다.

그러나 물건에 따라서는, 특히 내가 아껴 쓰던 물건이 쓰레기통으로 들어갈 때는 내 입밖으로 내놓은 말이 너무나 후회스럽고, 혁명 공약이고 뭐고 당장 걷어치워 버리고 싶은 것은 물론, 통곡이라도 할 것 같은 심정이었다.

남쪽을 향한 모퉁이 집인데다가 집 크기에 어울리지 않을 정도로 큰 창이 5개나 있어서 집안에는 하루 종일 햇빛이 가득하다. 아침 햇살이 연연한 식탁에서 커피를 마시는 즐거움 때문에 하루 마시는 커피 양이 배로 늘어나서 걱정이다. 창밖을 내다보면 일분이 멀다 하고 집채 만한 비행기가 뜨고 내리는 것이 보인다. 그러나 집안에서는 소리가 전혀 들리지 않으니 이 모든 정경은 마치 벽에 소리 없이 움직이는 장식품을 하나 걸어 둔 것과 같다.

콘도미니엄 옆으로는 강을 따라 큰 숲이 있고 그 숲 속으로 산책길이 나 있다. 산책길 전체 길이가 20km라든가? 언제고 김밥을 싸 들고 가는데까지 가다가 택시로 돌아올 작정이다.

30년을 넘어 살다가 6년을 조금 넘게 자리를 비웠는데도 모든 것이 엊그제 새로 온 사람처럼 낯설다. 시간이 지나면 익숙해지겠지. 우리가 사는 콘도미니엄도 그렇고 길 건너 일반주택단지에는 인도 사람들이 떼를 지어 살고 있다. 사람들 표정이 약간 어둡고 무뚝뚝해서 그렇지 행동거지는 무척 점잖고 조용한 사람들인 것 같다. 어떤 친구에게 인도 동네에 산다고 했더니 "거기 살면 집값 떨어지니 하루 빨리 빠져 나오라"고 성화다. 우리가 인도 사람들보다 더 낮다고 생각해서 그런 것 같다. 그런데 인도 사람들은 한국 사람들을 아둔하다고 멸시한다고 한다.

은퇴해서 우리와 같은 콘도미니엄에 부인과 단 둘이서 사는 H형은 "아니 지금 이(李)형이 몇 살인데 집값 오르고 내리는 데

신경을 씁니까?"며 핀잔을 준다. H형은 나와 대학 동창, 언제 봐도 마음이 한가롭고 모든 일 처리가 순조로운 그에게는 조급하다든가 성가신 일이 없다. 내가 무슨 일로 걱정이라도 할라치면 "아니, 그런 걸 가지고 왜 걱정을 합니까?" 하며 나를 타이른다. 이렇게 마음씨 느긋한 사람과 이웃을 하면 내 성미에도 변화가 있을 것 같은지 아내는 H형이 이웃이 된 것을 무척 좋아한다.

은퇴다. 끝없는 외로움의 시작. 한주일이 오가는 것도, 비가 오고 바람이 부는 것도, 교통 파업이 시작된 것도 우리와는 별 상관이 없다. 해가 뜨면 낮이요, 해가 지면 밤이다. 아침 저녁 H형 부부와 산책을 하는 일이 하루의 중요한 일과이다. 엊그제는 H형이 다람쥐 밥이라며 빵 부스러기를 한 움큼 가져왔다. "이제 정말 노인 행세를 하네요" 하고 농을 걸었더니 "다람쥐도 먹어야지요" 하는 H형의 대답.

436년 전에 이 세상을 다녀간, 단군 이래 최고의 석학으로 불리는 퇴계(退溪) 이황은 다음과 같은 노래 한 수를 남겼다.

연하로 집을 삼고 풍월로 벗을 삼아
태평성대에 병으로 늙어가니
이중에 바라는 일은 허물이나 없고져

안개와 노을을 집으로 삼고, 맑은 바람, 밝은 달을 친구 삼아 늙어 가고 있다는 노래이다. 만일 퇴계가 캐나다 토론토 국제 공항 옆 Humberwood가(街) 710번지 1412호에서 토론토 비행장에 뜨고 내리는 비행기를 봤다면 그 아름다움에 반하여 이들도 그의 집이나 벗으로 삼았지 싶다. 퇴계는 안개와 노을로 집을 삼는다고 했지만 나는 일 년 내내 추우면 더운 바람 나오고 더우면 찬바람 나오는 현대식 벌집에서 산다. 퇴계는 임금의 은혜로 산다고 했지만 나는 연금으로 살아간다. 퇴계는 병으로 늙어간다고 했지만 나는 병 없이, 늙어가지 않으려고 발버둥을 친다. 나는 66살, 3년만 더 살면 퇴계가 하늘이 내린 목숨을 다한 69살이 된다.

　가을이면 뒷강에 연어가 알을 낳으러 올라 온다고 한다. 정말일까?

(2006. 6.)

귀소본능

꿀벌이나 개미 같은 사회성 동물은 일정한 주거지나 어릴 적
에 자라던 장소에서 멀리 떨어진 곳에 가더라도 그 곳에 다시
돌아오고자 하는 본능 비슷한 성향이 있다고 한다. 문자를 쓰
면 귀소본능(歸巢本能)이라 부른다.

그런데 꿀벌 같은 하등동물뿐 아니라 고등동물로 불리는 우
리 인간에게도 이런 본능이 있다고 믿는 사람들이 많다. 한국
에 가 있을 때 흔히 듣는 "이제 너도 늙었으니 돌아 올 때가 되
지 않았느냐"는 말 뒤에는 귀소본능이 도사리고 있음을 알 수
있다.

1999년 8월, 나도 이 소원을 이룰 기회가 있었다. 한국에 가
서 살다가 고향 땅에 묻힐 수 있는 더없이 좋은 기회가 온 것이
다. 그 때 나는 속으로 '아, 드디어 내가 그리던 고향으로 돌아
가는 구나' 하며 감격해서 먼데를 바라보던 일이 생각난다. 그
러나 인간은 환경에 적응하는 동물, 스물여섯 청춘에 떠나서

쉰아홉에 돌아온 33년의 바다 밖 생활이 너무 길었던가, 그처럼 그리던 고국에서 여섯 해를 넘기기가 바쁘게 다시 나를 잡아 매던 이 땅으로 돌아오게 되었다. 때문은 세월은 정(情)을 낳는다더니.

어찌 나만 그러하랴. 『조선통신사의 일본 견문록』이라는 책을 쓴 일본 하나노조 대학교의 강재언 교수를 따르면 임진왜란이 끝난 후 일본을 방문했던 조선 통신사의 가장 큰 임무의 하나는 난리 중에 잡혀간 조선 사람들을 다시 조선으로 데려오는 문제, 당시 용어로 쇄환자(刷還者) 문제를 해결하는 것이었다고 한다. 다시 조정에서는 어떻게 해서든지 잡혀간 백성들을 고국으로 데려와야 한다는 정책을 세우고 일본에 통신사를 보낼 때마다 끈질기게 이를 성사시키려고 애를 썼다는 것이다.

그러나 여러 번에 걸친 이 쇄환 프로그램은 어이없는 실패로 끝났다. 조선 조정에서 쇄환자에 대한 대책이 없어서 그런 것이 아니다. 이유는 고국으로 돌아오기를 희망하는 사람들이 생각밖으로 적었기 때문이다. 통신사절의 종사관으로 일본을 다녀온 석문(石門) 이경직은 다음과 같은 기록을 남겼다.

… 돌아가기를 바라는 사람은 대개 충성심 높은 선비나 일본에서 고생하는 사람들이었다. 그밖에 처자가 딸려 있거나 살기가 조금이라도 넉넉하여 일본에 뿌리를 내린 사람은 돌아갈 뜻이 전혀 없었다. 탄식이로다. 탄식이로다.

쇄환을 방해하려는 일본 사람들의 협박에 자기의 속마음을 내 놓지 못해서 그렇다고 생각해 볼 수도 있다. 그러나 이 협박설을 부인할 증거들이 여러 곳에서 엿보인다. 사신들은 적었다.

"10살 이전에 붙잡혀 온 사람들은 말과 행동이 일본인과 같았다. 다만 자신이 조선 사람이라는 것을 알고 있었기 때문에 조선 사신이 왔다는 소식을 듣고 만나러 왔을 뿐이었다. 그들은 고국을 향한 마음이 거의 없었다."

쇄환을 희망한 사람들조차 틈을 노려 도망치는 사람이 많았다는 사실, 또 조선 양반들로부터 천대 받던 도예공들 가운데 오히려 일본에서 높은 평가를 받아 도예가로 대우받고 뒷날 이름을 남긴 사람들이 많았다는 사실을 보면 이 협박설의 근거는 매우 허약해진다.

아무튼 전쟁이 끝나고 20, 30년 세월이 흐르고 난 뒤 수만 명이 넘는 포로 중에서 귀국선을 탄 사람은 모두 500명을 넘지 못하였다 한다. 통신사로 간 사절단 수가 한 번에 400 내지 500명이었다는 것을 생각하면 전쟁포로 몇 만 중에서 귀환자 500명은 믿기지 않을 정도로 실망스런 숫자이다.

위의 사실들을 미루어 보면 인간에게도 귀소본능이라는 게 있다는 주장에 의심이 간다. 귀소본능도 한국 같은 집단주의, 수도작 농경사회의 사라져 가는 문화의 추세로 보는 것이 가장 무난한 견해이지 싶다.

나는 어려서 캐나다를 온 사람도 아니고, 한국에 있을 때 양반들로부터 천대 받은 일도 없고, 한국에 돌아가지 말라고 협박 받은 일도 없다. 나는 올해로 한국과 캐나다에 산 해수가 꼭 같게 되는 해이다. 일본에 잡혀 갔던 임진왜란 때의 조선 사람인가, 내가 왜 이 넓고 쓸쓸한 평원에서 헤어나질 못하고 있는지 스스로 의심이 간다. 석문(石門) 이경직이 적었던 것처럼 "탄식이로다, 탄식이로다".

(2006. 6.)

축복

뜸북 뜸북 뜸북새 / 논에서 울고
뻐국 뻐꾹 뻐꾹새 / 숲에서 울 때
우리 오빠 말 타고 / 서울 가시면
비단 구두 사가지고 / 오신다더니

　부를 때마다 어린 시절에 대한 그리움이 온 몸을 휘감싸는 동요 「오빠 생각」이다. 이 「오빠 생각」은 초등학교 음악 시간에 배워서 알게 된 노래라기보다는 주위 어른들이 흥얼거리는 것을 듣고 귀에 익힌 노래이지 싶다.

　이 노래는 수원에 살던 최순애라는 11살 소녀가 동요 현상 모집에서 장원으로 입상한 동시(童詩)라는 것은 알고 있었다. 이 노랫말에 박태준이 곡을 붙여 겨레의 애창곡 「오빠 생각」이 태어난 것이다. 박태준은 대구에서 활동하던 동요 작곡가. 그는 그야말로 동요 작곡에 열성적이어서 길을 가다가도, 밥을 먹다가도 동요 악상이 떠오르면 멜로디를 흥얼거리는 사람으로 알려져 있었다. 「오빠 생각」이야말로 우리가 어른이 되어서도 맑고 보드라운 순정이랄까 시정(詩情)의 바탕이 되는 유년 시절 꿈의 표현이 아닐까.

몇 달 전에 이원수 선생의 회갑 기념으로 선생님에 대한 아동문학가들의 글을 모은 책 『고향의 봄』을 뒤적이다가 이원수 선생 연보에 부인이 '최순애'라고 적힌 것을 보았다. 「오빠 생각」의 그 최순애인가? 아니면 우연히 이름만 같았지 다른 사람인가? 자료를 구할 길이 없어 한국에 부탁을 했더니 그 다음 날로 회신이 왔다.

내 추측이 빗나가지 않았다. 동요 「고향의 봄」 노래말을 쓴 이원수 선생 부인이 「오빠 생각」 노랫말을 쓴 바로 그 최순애라는 것이다. 온 겨레의 끊임없는 사랑을 받아온 민족의 노래 「오빠 생각」과 「고향의 봄」 노래말을 쓴 사람들이 서로 부부 사이라니!

마산의 이원수와 수원의 최순애가 알게 된 것은 당시 15살과 11살의 소년 소녀들이 그들의 작품 「고향의 봄」과 「오빠 생각」을 소파 방정환 선생이 시작한 <어린이> 잡지에 앞서거니 뒤서거니 발표한 것이 인연의 시작이었다. 요새말로 하면 펜팔(pen pall)이 된 것이다. 두 사람 사이를 결혼에까지 이르도록 가깝게 만든 것은 동요 시인 윤석중 선생이 만든 글동무들이 서로 연락하며 지낼 수 있는 <기쁨사>를 만든 덕분이었다 한다.

우리 속담에 '왕대 밭에 왕대 난다'는 말이 있다. 최순애는 동심을 지향하는 부드럽고, 개방적이고, 따뜻한 집안 분위기 속에서 자랐다. 그의 아버지 최경우는 '어린이'라는 말을 처음으로 만들고 일생을 어린이 운동에 바친 소파 방정환 선생의 열렬한 숭배자였다고 한다. 오빠 최영주도 소년 운동에 열심이었고 방정환의 열렬한 숭배자로 해마다 방정환을 화성에 초대하여 동화회를 열 만큼 소년 운동에 몸과 마음을 바쳤던 사람이다. 나중에 최영주는 방정환의 무덤을 만들고 묘비를 세운 일로 유명하다.

이야기는 이렇다. 1936년 방정환은 세상을 떠나고도 5년이 지났건만 무덤도 없이 홍제원 화장장 납골당에 있었다. 이를 가슴 아프게 여겼던 최영주는 윤석중과 뜻을 모아 광고를 내고 여러 사람들의 뜻을 모아 아차산에 방정환 묘를 만들고 묘비도 세웠다. 그리고 몇 년 뒤 자기 아버지가 돌아가시자 소파 묘 아래쪽에 아버지를 모셨고, 그리고 몇 년 뒤 죽은 자기 아들, 자기 자신 모두 방정환 묘 옆에 묻었다 한다.

세월은 가도 노래는 남는 것. 오늘도 토론토에 사시는 「우리의 소원은 통일」이라는 불멸의 노래를 작곡한 안병원 선생이 지도하는 월요 동요 시간에 50 고개를 넘은 '노인 어린이' 열서너 명이 일생을 동요 작곡과 동요 운동에 바친 노(老) 작곡가의 손놀림을 따라 「오빠 생각」도 부르고 「고향의 봄」도 불렀다. 불러도 불러도 싫증나지 않는 노래들….

잠시나마 어린 시절로 돌아갈 수 있다는 것 이것도 크나큰 축복이 아니겠는가.

(2007. 8.)

고향의 봄

나의 살던 고향은 꽃피는 산골/ 복숭아꽃 살구꽃 아기 진달래
울긋불긋 꽃대궐 차린 동네 / 그 속에서 놀던 때가 그립습니다.

꽃 동네 새 동네 나의 옛 고향/ 파란 들 남쪽에서 바람이 불면
냇가에 수양버들 춤추는 동네/ 그 속에서 놀던 때가 그립습니다.

위의 긴 인용은 남북한 7천만 겨레는 물론, 해외에 살고 있는 우리 동포들에게까지 영원불멸의 명곡으로 남아있는 노래, 다름아닌 이원수 요, 홍난파 곡「고향의 봄」이다. 홍난파는 1929년 "나의 첫 솜씨로 만든 100곡의 동요를 어린이들에게 바칩니다"는 머리말과 함께 등사판으로 내놓은 『조선 동요 100곡 집』에 이 노래를 발표하였다. 어린이들을 위한 노래지만 아이들이고 어른들에게 애국가보다도 더 자주 불리고, 더 따스한 정감을 불러 일으키는 노래다.

　하루는 토론토에 살고 있는 작곡가 안병원 선생 댁에 갔다가 우연히 그 집 책꽂이에 꽂혀 있는『고향의 봄』이란 제목의 두툼한 책이 한 권 눈에 띄어 빌려 왔다. 이 책은 동요「고향의 봄」노래말을 쓴 이원수 선생의 회갑기념으로 한국에서 활동하고 있는 아동문학가 10여 명의 글을 모아 이원수 선생 자신의 글과 함께 묶은 것이다.

　동요「고향의 봄」은 이원수 선생이 15살에 소파 방정환 선생이 시작한 <어린이> 잡지에 처음 내놓은 작품이다. 세상에! 15살 난 아이가 이렇게 아름다운 작품을 내놓다니! 1925년에 썼다는 노래 말이 81년 세월이 흐른 2007년 오늘에 읽어도 지금 나무에서 금방 딴 과일처럼 어찌 그리 싱그럽게 들릴까. 군더더기 한마디, 색깔 바랜 단어 하나 눈에 띄지 않고 문체까지 조금도 오늘날 유행에 뒤지지 않는 노래말.

　사회과학, 자연과학, 그리고 음악, 미술 등 예술 분야에서 놀라운 창의력을 보여 준 사람들의 일생을 연구한 하버드 대학교의 가드너(Haward Gardner) 교수에 의하면 화가 피카소(P. Picasso), 정신의학자 프로이드(S. Freud), 음악가 스트라빈스키(I. Stravinsky), 시인 엘리어트(T. S. Eliot), 무용가 그래햄(M. Graham)도 이원수 선생과 마찬가지로 그들의 10대에 벌써 세상 사람들의 눈길을 끌 업적을 내놓았다 한다.

　이것을 보면 창의력이란 20세 이전 15, 20세 사이 어느 때부터 지하수처럼 퐁퐁 솟아나는 모양이다. 그런데 우리나라에서는 이 황금 같은 시기에 대학 입학을 위해 학원 찾아다니기에 시간을 다 보내고, 그나마 생각도 확산적인 내용보다도 수렴적인 정답을 찾아 헤매기에 바쁘지 않는가.

매주 월요일이면 「우리의 소원은 통일」의 작곡자 안병원 선생이 내가 관여하고 있는 불우 어린이 후원회 임원들을 위해서 동요지도를 자원 봉사해 주신다. 아직 화려한 이름도 없이 우리는 그저 '후원회 노래반'이라 부른다. 어릴 때 부르던 동요들을 70이 내일 모레인 노인이 되어 다시 불러보는 감회는 무엇이라 표현할까? 더더구나 80 노(老) 대가가 온 정력을 다 해서 땀을 흘리며 지휘하는 것을 보면 마치 어느 보기 어려운 예술 공연을 보는 것같이 감격스럽다.

그런데 그 동요 연습곡 중에 「고향의 봄」도 있다. 지난 주에는 안 선생이 「고향의 봄」을 부를 차례가 오자 노래반 '학생' 15명을 모두 일어서라고 명령하여 온 클래스가 초등학교 2학년 학생들처럼 모두 일어서서 상기된 표정으로 불렀다.

그렇다. 「고향의 봄」을 부르는 그 엄숙하고 진지한 모습을 보면 고향의 겉모양은 이미 달라졌어도 마음의 고향은 70, 80, 90이 되어도 옛모습 그대로 곡조를 타고 우리 앞에 천사처럼 사뿐히 내려앉는 것이다. 그러면 우리는 그 속에서 헤엄치고, 가재, 물고기 잡고 잠자리 쫓던 그 청순 무구한 유년 시절로 돌아가지 않는가. 짧은 시간이나마 이런 화려한 귀향(歸鄕)의 기회를 준 이원수 선생이 고맙고 부럽다.

(2007. 7.)

축하

한국에 있는 K양에게서 오는 5월에 결혼을 한다는 편지가 왔다. 신랑은 S대학교 출신의 미남.

K는 한국 이화여자대학교에 있을 때 내 연구실 조교로 있던 대학원 학생이다. 수재들이 모인다는 외고(外高) 출신으로 공부도 열심히 하고 행실도 얌전하여 어디를 내 놔도 빠질 데가 없는 빼어난 규수(閨秀: 남의 집 처녀를 정중하게 일컫는 말)이다.

미국 유학을 생각하는 학생들이면 대부분 치러야 하는 GRE라 불리는 시험이 있다. 이 GRE의 두 부분 중 수(數)적인 능력을 다루는 수리력 검사에서 K는 한 문제도 틀린 것이 없는 만점을 받았다. 유학 가서 박사 학위를 할 계획이라더니 결혼 때문에 유학은 우선 뒷전으로 물러나 앉은 모양이다.

결혼을 한다니 축하의 글씨를 하나 써 보낸다고 마음먹었다. 무슨 내용을 쓸까, 이것저것 생각해 보았다. 한문 세대가 아닌 사람들에게 고리타분한 한자 문구를 써 주는 것은 별로 의미가 없는 것 같다. 예를 들어 흔해빠진 문구 '화락금슬'(和樂琴瑟: 일반 거문고와 큰 거문고 혹은 비파가 곡조를 맞추면 부부가 사이 좋게 사는 것과 같다 하여 부부 사이를 나타내는 말) 따위의 문구가 요사이 젊은이들에게는 그야말로 코드가 맞지 않는 말이 아닐까.

내가 지금까지 결혼에 가장 많이 써준 축하의 시구(詩句)는 다음 두 가지. 첫째는 '구름이 있음은 바람 있음이요/ 내가 있음은 그대 있음이 아닌가' 하는 시구이고, 둘째는 '언제나 하늘처럼 가슴을 열어둔 채, 봄바람 부는 곳마다 꽃 피는 듯 살랴오'라는 시구다.

이 시구들이 누구의 것인지는 모르나 내용이 마음에 들어 나와 가까운 사람들이 결혼을 할 때는 둘 중 하나를 써 주곤 했다. 아내는 같은 시구를 너무 많은 사람들에게 써 준다고 나무라지만 나 같은 문학도가 아닌 사람이 쓸 때마다 다른 내용을 찾는 다는 것도 그리 쉬운 일이 아니다.

이번에 K양 결혼에 써 주려고 하는 시구는 '가슴이 저절로 부풀어 올라/ 즐거워 즐거워 노래 불러요' 하는 어느 동요의 마지막 구절로 정했다.

남의 결혼을 축하하는 글씨를 쓸 때면 내 결혼 때 생각이 나지 않을 수 없다. 유학 온 바로 이듬 해, 그러니까 1967년 부활절 주말에 30명이 조금 넘는 축하객들 앞에서 이루어진 초라한 결혼식. 연휴였기 때문에 꽃 가게가 문을 닫아 내가 틈틈이 식당 접시를 닦고 숙식(宿食: 자고 먹음)도 하던 신학 대학교 정원에 핀 수선화를 실례해서 신부 입장 때 들고 들어갔다. 벌써 40년 전이네.

주례는 당시 밴쿠버 한인연합교회 이상철 목사였다. 구태여 이름 석 자를 밝히는 것은 이 목사야 말로 내가 마음속으로 가장 존경하고 좋아하는 목사이기 때문이다. 그 날 우리 두 사람이 지아비와 아내가 되는 인연을 맺어 주기 위하여 단상을 오른 주례 이 목사도 마흔 세 살의 꽃 같은 청춘이었다. 이미 저 세상 사람이 된지 오래인 우리 장모와 동갑, 몇 달 전에 뇌졸중 증세가 와서 고생하신다는 말을 듣고 런던에서 온 L장로와 같이 문병을 갔다. L장로도 그의 결혼 주례가 이상철 목사였으니 우리는 L장로와 동창생인 셈이다.

K양에게 결혼 생활이란 것도 막상 해보면 '가슴이 저절로 부풀어 올라, 즐거워 즐거워 노래 부는 날'은 내가 생각했던 것처럼 그렇게 쉽게 오지는 않더라는 편지를 써서 붓글씨와 함께 보내면 어떨까 한다.

(2007. 4.)

청고개 [靑峴] 생각

봄이다. 14층 콘도미니엄에서 내려다보이는 나무들은 모두 파르스름한 연두색 기운이 감돈다. 신록 이전의 신록. 그 수목원 사이로 흐르는 강물은 오늘 같이 화창한 날에는 햇빛에 반사되어 마치 작은 유리알을 깔아 놓은 것처럼 유난히 반짝인다. 새해가 온다고 야단일 때가 바로 어제인데 벌써 꽃 피고 새 우는 4월이라니.

지금부터 49년 전 4월 15일. 내가 대학교에 입학해서 우리학과에서 서오릉이란 곳으로 야유회를 간 적이 있다. 돌아오는 길에는 급우들이 그 때 불광동에서 학교를 다니던 C군 집에 몰려가서 먹을 줄도 모르는 술을 퍼 먹고 소리를 고래고래 지르다 왔다. 이 세상에 모든 것이 내 발 아래 있던 그런 시절이 아니었던가!

그 때 무슨 주제를 두고 '토의'를 한 것 같은데 무엇에 관한 얘기를 했는지 전혀 생각이 나질 않는다. 아마 남자 - 여자 이

성(異性) 사이에도 남자 - 남자 동성(同性) 사이처럼 영원한 우정
이 있을 수 있느냐 없느냐 하는 그런 '심각한' 주제였겠지

그날 C군이 밥해 먹고 공부하던 그 좁은 방에서 술에 취하여 열변을 토하던 '혁명아'들은 모두 3, 4년 전에 은퇴를 했다. 그 중에는 벌써 저 세상으로 간 친구가 다섯이나 된다.

요새는 대학 시절 급우들이 모였다 하면 건강 얘기다. 무슨 병에 어떤 증세가 있었는데 어떻게 했더니 효과가 있더라는 등. 그런데 아무리 천당이 좋다고 해도 거기 먼저 가서 친구들을 기다리겠다는 녀석은 하나도 없다. 남의 집에 들어가자마자 앉아서 기도부터 하는 믿음 좋기로 유명한 K도 요사이는 입을 열었다 하면 병(病) 얘기다. 그도 천당이 정말 좋은 데라면서도 먼저 가기는 무척 싫은 모양이다.

조금만 더 있으면 산나물을 캘 때가 온다. 강 건너 늘매에 살던 초등학교 때 친구 C는 지금도 봄이면 수몰이 되어 없어진 지 오래 인 자기 옛 마을 뒷산 청고개[靑峴]에 산나물을 캐러 간다. 우리 집에서 바라보는 강 건너 앞산 청고개는 C가 살던 마을 뒷산이 된다. 나도 C를 따라 가겠다고 몇 번인가 일방적인 약속을 했으나 빈말이 되고 말았다.

산 나물이야 시장에 가면 큰 돈 안들이고도 얼마든지 살 수가 있다. 나물을 캐러 구테여 멀리 청고개까지 가는 것은 고향, 즉 어린 시절에 대한 그리움 때문이 아니겠는가. 가끔 인생살이 속 눈물이 무거워질 때는 통곡이라도 하고 싶은 곳은 어로지 거기뿐이라는 생각이 들 때가 있다. 물어보나마나 C도 마찬가지겠지.

　모두 봄이 오면 즐겁다고 들 하는데 나는 오늘 같이 화창한 봄날이면 가끔 서글퍼질 때가 있다. 시인도 아닌데 왜 그럴까? 아마도 봄이 왔다가 우리 곁을 곧 떠날 것이라는 예상 때문에 그럴꺼다. 다정한 연인들이 만났을 때 헤어짐을 예상하면 슬퍼지는 것처럼.

　이 봄이 가면 여름이 오고, 여름이 가면 가을이 온다. 변함없는 하늘의 이치, 인생 사계절이다. 오늘 같은 화창한 봄날 내 마음은 시공(時空)을 넘어 주인 없는 청고개 빈 산속을 다니며 산나물을 캐는 10살 시골 소년이 된다.

　이 글을 쓰는 그 짧은 사이에 창밖으로 내려다보이는 수목원도 연초록 색깔이 온 데로 번진 것 같은 기분이 든다.

(2007. 4.)

고향을 그리워하는 사람들이여

고향에 내려가니 / 고향은 거기 없고
고향에서 돌아오니 / 고향은 거기 있고
흑염소 울음소리만 / 내가 몰고 왔네요.

백수(白水) 정완영님의 노래다. 백수의 고향은 경상북도 김천, 황악산 직지사가 있는 고을이다. 그가 살고 있는 서울과 거리는 자동차로 기껏해야 세 시간이면 갈 수 있는 거리. 그래도 그는 고향을 몹시 그리워하며 자기의 시실 이름도 망황악산시실(望黃嶽山詩室: 황악산을 바라보는 시실)이라 지었다. 그곳에 대한 간절한 그리움을 담은 노래가 여러 개 있다.

고향이란 자기가 태어나서 자라던 곳이나 자기 조상이 오래 전부터 누려 살던 곳을 말한다. 그런데 요즘 세상에 어른이 되도록 고향에 그대로 눌러 앉아 살고 있는 사람이 어디 있을까. 대부분이 객지로 돌아다니며 언젠가는 고향으로 돌아가리라는 막연한 꿈만 가지고 '늙어서는 고향엘 가서 살아야지' 하는 말을 무슨 주문처럼 외지만은 실제로 늙어서 고향에 돌아가는 사람은 아주 드물다.

수필가 황필호 교수에 따르면 고향을 잃은 사람들은 세 가지로 나누어 볼 수 있다. 첫째, 고향에 가고 싶어도 못 가는 신세를 한탄하는 사람들이다. 이북에 고향을 가진 실향민들, 돈이 없어서 고향에 가지 못하는 도시 노동자들, 무슨 개인적인 이유로 스스로 고향 찾기를 포기한 사람들이다. 둘째, 고생 고생해서 고향엘 찾아갔으나 그렇게도 그리워하던 고향은 이미 고향이 아닌 것. 동구 앞 늙은 소나무가 있던 자리에는 큰 갈비집이 들어섰고, 개나리가 피던 언덕은 평지를 만들어 시내버스 종점이 된 슬픈 사연이다. 이럴 줄 알았으면 차라리 오지 말 것을. 그러니 어떤 의미에서는 이 사람들은 첫째 부류의 사람들보다 더 불쌍한 사람들이라고 할 수 있다. 셋째, 처음부터 고향을 가져 본 적이 없는 사람으로 가장 불쌍한 사람들이다. 이들은 고향을 잃지도 잊지도 않았다. 다만 고향이 없을 뿐이다.

내 수필을 평한 황 교수에 의하면 나는 두 번째 부류에 속한다고 한다. 한국에 나가 6년이 넘게 서울에 있으며 고향에 여러 번 가 보았지마는 갈 때마다 어딘지 개운치 않는 느낌으로 돌아서곤 했다. 고향을 잃어버린 것이다.

그러나 돌아서면 또 가고 싶고, 막상 가서는 왜 여길 왔나 실망만 하고…. 나중에는 이유 없는 분노까지 느끼며 다시는 오지 않겠다고 결심을 하나 그 결심은 이틀을 가지 못했다.

어른이 되도록 고향을 잃어버리지 않는 사람은 없다. 우선 고향에는 고향을 구성하는 요소, 즉 산과 들, 맑은 시내와 봄이면 피는 꽃들이 있고, 그 다음에는 아침저녁 얼굴을 마주 대하는 사람들이 있다. 그런데 산과 들은 그대로 있는 경우가 있어도 아침 저녁으로 만나던 얼굴들이야 그대로 있을 리가 있겠는가. 다른 곳에 가서 살거나 아니면 이 세상을 떠났을 확률이 크지 않은가. 그러니 어려서부터 늙을 때까지 고향에 살고 있는 사람들도 고향을 잃어 버렸다고 할 수 있지 않은가.

고향을 그리워하던 많은 사람들이 막상 고향에 가서는 손수건을 찾는다. 이때의 눈물은 고향이 반가워서 흘리는 눈물이 아니요, 왈칵 북받치는 설움, 가고 없는 사람들에 대한 그리움 때문이다. 정지용의 노래처럼 "고향에 고향에 돌아와도 / 그리던 고향은 아니더라"의 심정이 된다.

황필호 교수가 말한 것처럼 차라리 고향을 돌아갈래야 돌아갈수 없는 사람들이 더 행복한지 모른다. 그들은 더럽혀지지 않는 옛 모습 그대로의 고향을 아직까지 그리워할 수 있지 않은가.

고향은 정든 사람들에 대한 그리움이요, 어린 시절에 뛰놀던 산과 들에 대한 끝없는 사랑이다. 고향은 옛 애인처럼 가슴 한 구석에 묻혀 있다가 바람결에 생각이 나면 한번씩 꺼내보는 한 장의 빛 바랜 사진이다.

(2005. 11.)

늙음

조선 중기의 시인 이달(李達)이 지은 7언 절구에 「대추 따는
노래」가 있다. 정민 교수가 옮긴 것을 적어 보자.

이웃집 꼬마가 대추를 따러 왔는데
늙은이 문 나서며 꼬마를 쫓는구나
꼬마 되려 늙은이 향해 소리 지른다
"내년 대추 익을 때는 살지도 못할 걸요"
(隣家小兒來撲棗 …. 不乃明年棗熟時)

대추를 훔쳐 따먹으려는 꼬마 앞에 늙은이가 갑자기 나타나
서 '이놈' 소리를 지른다. 놀란 꼬마는 젖 먹던 힘을 다해서 달
아난다. 노인이 아무리 빨리 쫓아와도 자기를 잡지 못할 것을
알고는 휙 돌아보며 '내년 대추 익을 때까지는 못 살 줄 알아요'
하고 놀린다. 푸른 하늘, 붉은 고추가 널려 있는 마당, 초가집,

대추나무, 호통치는 노인과 달아나는 꼬마…. 한 폭 김홍도의 그림이다.

그런데 이 꼬마 녀석의 놀림을 받은 늙은이의 심정이 어떠했을까? 부아보다는 서러움이 더 컸을 것이다. 세상에는 가난에 친구 없고, 늙음에 동반자(同伴者) 없다. 그런데 가난은 기회가 없어서, 양심대로 열심히 살았으나 하늘이 돌봐주지 않아서 그렇게 되었다고 하늘을 나무랄 수 있지만 늙음은 기회가 있건 없건, 하늘이 돌봐 주건 말건, 시간이 가면 누구에게나 오는 것이 아닌가.

이 세상에 늙음을 한탄하지 않는 사회는 없다. 죽음과 가깝기 때문이다. 세상은 어디까지나 가진 자의 역사인 것처럼 인생도 어디까지나 젊은이의 무대이다. 몇 년 전만 해도 '할아버지'라는 소리를 듣는 것이 그렇게도 어색하고 불쾌하더니 이제는 예사로 들린다. 몇 년 전만 해도 젊은이들 틈에 끼이면 나도 덩달아 기분이 좋아지더니 이제는 젊은이들과 같이 있으면 말할 수 없는 외로움이 배어든다. 그야말로 군중 속의 외로움이다. 이제 내 늙음도 '건너지 못할 강'을 건너고 말았는가.

늙은 것을 배울 때다. 첫째는 너무나 흔히 듣는 이야기― 욕심을 줄이는 일이다. 돈을 벌고 싶은 마음, 명예를 얻고 싶은 마음, 좋은 자동차, 좋은 집, 좋은 물건을 가지고 싶은 것 모두가 욕심이다. 일이 내 뜻대로 되지 않는다고 화를 내거나, 일을 빨리 끝내려고 서두르는 것― 이것도 알고 보면 욕심 때문에 생기는 것이다.

둘째는 모든 것을 고맙게 생각하는 마음, 교회 용어로 감사

하는 마음이다. 살펴보면 이 세상은 고마운 일로 가득 차 있다. 하루 세끼 굶지 않는 것도 고맙고, 병상 위에 누워 있지 않는 것도 고마운 일이다. 전에는 당연한 것으로 여겼던 일―이를테면 숨을 제대로 쉬고, 가고 싶은 데를 가고, 아침저녁 팔 다리를 휘적이며 산책을 할 수 있는 것도 고마운 일이다. 좋은 말벗들과 한인 교민사회 얘기를 하거나 세상 돌아가는 이야기를 하며 지내는 것도 고마운 일이다. 가끔 한국에서 내 강의를 들었던 학생들이 "오늘은 선생님 생각이 나서 전화 했어요" 할 때는 내 기분은 고만 하늘에 닿는다. 보고 싶은 얼굴들… 그러고 보니 그리워 할 수 있는 것도 하나의 축복이네.

셋째는 내 몸을 정중하게 다뤄야겠다. 내 몸도 물건과 마찬가지, 고장이 나지 않도록 조심조심 다룰 것이다. 이제는 밤늦게까지 부스럭거리지 말고, 술이나 음식 같은 것도 너무 많이 먹지 말아야 한다. 뛰어가다가 넘어져 뼈라도 부러지는 경우를 상상해 보라. 그 외롭고 서러운 병상에 또 한 번 눕게 된다.

넷째, 우리 위에는 언제나 푸른 하늘이 있음을 잊어버리지 말자. 비바람이 일고, 번개 천둥이 치고, 눈보라가 휩쓸고 가도, 그 뒤에는 언제나 푸르고 푸른 하늘이 있다.

하늘은 우리의 아버지요 땅은 어머니다. 죽으면 우리의 육신은 어머니 품에 안기고, 영혼은 아버지에게로 간다.

(2007. 3.)

효도에 대한 생각

유교 문화에서는 효도와 효제(孝悌)를 매우 중요하게 여긴다.
효도란 말할 것도 없이 자식이 부모나 시부모를 정성을 다해서
모시는 것이고, 효제는 동생이 형을 잘 따르고 '모시는' 것이다.
이 모두가 아랫자리에 있는 사람이 윗자리에 있는 사람을 따르
는 장유유서(長幼有序: 어른과 아이에 차례가 있다는 오륜의 하나)의 유
교 사상과 호흡을 같이 하는 말이다.

부모를 잘 모시라는 말은 공식적으로 맨 먼저 강조한 사람은
공자(孔子)로 알려져 있다. 공자는 만약 효도를 강조하지 않았다
가는 자식들이 부모들을 돌보지 않고 갔다 버릴 거라고 생각을
한 모양이다. 자식 세대에 무슨 문제가 있는 것도 아닌데 자꾸
'효도해라, 효도해라'고 부모세대가 주문처럼 외는 것을 보면
엎드려 절 받기가 아닌가 하는 생각도 든다. 반포지교(反哺之敎:
새, 특히 까마귀 같은 새가 커서 부모 새를 먹여 살린다는 교훈)라는 말까
지 끌어대며 효도를 하지 않는 자식은 짐승보다도 못한 놈이라

며 효도를 강조하고 있다.

막대한 재정적 지원아래 「효도 연구소」를 세운 대학교가 있는가 하면(불효 연구소는 어떤가?) 효도학과도 세우자는 말을 하는 사람도 있다. 또 어떤 단체에서는 효자, 효부, 열녀상을 주어 '효도는 이런 것이라'는 본보기를 내보인다. 효도에 대해서는 아무리 강조를 해도 반대 의견이 없다.

그런데 효자, 효부상은 자식이 부모를 공경하고 마음을 편안하게 해 드리는 평범한 가정, 즉, '즐거운 나의 집'에서는 나오지 않는다. 열녀상이 정상적인 가정, 화목하고 사랑스런 분위기가 온 집안에 은은한 그런 '좋은' 가정에서 나오지 않는 것과 마찬가지다. (사실 이런 가정의 주부가 열녀상을 받아야 하지 않겠는가.) 그런데 열녀상 후보자가 되자면 우선 남편이 죽든지, 아니면 스스로 몸도 추스리지 못할 정도로 신체 불구가 되어야 한다.

지금까지 효도, 열녀상을 받은 사람을 살펴보면 거의 전부가 생활환경부터 평균이하에다, 아들이나 며느리가 독립해서 살아갈 능력이 없는 부모들을 위해 눈물겨운 고생을 해가며 정성으로 모신 사람들이다. 예로, 내가 기억하는 효부상을 받은 사람은 남편도 없이 혼자 걷지도, 대소변을 가리지 못하는 시어머니를 업고 나룻배로 강을 건너, 10리 산길을 걸어, 읍내에 있는 병원에 다니기를 3년 넘게 계속한, 믿기지 않는 고생을 한 어느 집 며느리였다. 그 때 신문에 난 기사를 보고 혼자 생각으로 "효부상을 받자면 우선 팔자가 사나워야 하는가 보다"로만 생각했다. 이건희같이 팔자 좋다고 알려진 사람은 아무리 자기 부모를 공경하고 편안하게 해드려도 효자상 받을 가망은 없지 않는가. 이런 이유로 효부, 효자, 열녀상에 대한 나의 태도는 매우 미적지근하다. 효자, 효부, 열녀상은 공식적 불행한 팔자 확인서이다.

앞서 말한 것처럼 효제는 남동생이 형을 잘 따르고 잘 '모시는 것'을 의미한다. 여동생이 오빠에게 잘 하는 것은 효제 개념에 포함되지 않는다. 그러니 어디까지나 남성 중심 문화에서 나온 말이다.

그런데 현재 우리의 생활환경은 자식들의 효도를 방해하고 있다. 직장 때문에 부모와 멀리 떨어져 있어야 하는 경우, 아파트의 비좁은 공간, 부모들이 사용하기에 어렵고 복잡한 가전제품이 모두가 크게 작게 효도를 방해하는 요소들이다. 내 생각에는 이보다 더 큰 문제는 부모의 삶에 대한 지혜나 지식이 자식에 뒤떨어지기 때문에 부모가 자식을 가르치고 인생살이에 대해서 충고를 할 실력이 점점 줄어가고 있는 것이라고 본다. 옛날 원시사회에서는 아버지가 아들과 함께 사냥을 가서 멧돼지를 잡으면 그게 바로 '교육'이요 지식이었다. 그리고 익힌 사냥법은 평생을 살아가는 데 유익한 기술이자 도구였다.

그러나 현대사회는 엄청나게 많은 양의 지식이 빠른 속도로 늘어나기 때문에 부모가 가진 지식과 지혜는 얼마 안 가서 낡은 것이 되고 만다. 오히려 자식이 부모를 가르치고 충고해야 하는 경우가 많지 않은가! 그 결과 자칫하면 부모는 자식의 '귀찮은 학생'이 되기 쉽다.

효제는 어떤가? 가난은 가끔 가족간에 유대를 더 두텁게 해주는 좋은 일을 한다. 가난한 시절에는 형아, 아우야 하던 것이

가난을 벗어나서 '먹고 살만하게' 되면 내 것, 네 것을 놓고 티격태격 다투는 경우가 많다. 심심찮게 신문 사회면을 장식하는 재벌 형제 간에 재산을 둔 법정소송을 보지 않는가.

예부터 전해오는 다음과 같은 이야기가 형제간 사랑을 일러주는 교훈으로 전해온다.

옛날에 산삼을 캐서 살아가는 3형제가 있었다. 하루는 산삼을 찾아 깊은 산속에 갔다 돌아오는 길에 산삼에 욕심이 난 맏형과 둘째가 서로 짜고 막내동생을 죽였다. 남은 두 형제는 제각기 생각하기를 '내 혼자 산삼을 차지하면 큰 부자가 되겠구나'고 생각했다. 그래서 큰 형은 동생을 죽이려고 동네에 가서 술을 사오라고 하였다. 술을 사서 혼자 산길로 오는 동생을 때려 죽인 형은 '이제 산삼은 내 것이야' 하며 동생이 사온 술을 마시고 그 술에 죽었다. 그 술에는 형을 죽이려고 동생이 독을 타 넣었던 것이다.

민주주의 평등사상은 효제마저 크게 위협하고 있다. 민주주의의 골자 요소인 자율과 독립된 개체나 정체감에 대한 강조는 효도니 효제에 덕이 되기보다는 해(害)가 될 때가 더 많은 것 같다. 효도 효제는 우리의 귀중한 덕목이지만 초 현대화 되어가는 사회에서는 그 실천은 점점 더 어려워져 가고 있다.

(2006. 11.)

노년이 좋아야 인생이 아름답다

은퇴를 하고 밖에 나가 돌아다닐 일도 별로 없어 하루 종일 집 안에서만 있으니 여기저기 친구들로부터 심심풀이 성격의 E-mail을 받는다. 그 중 반 이상이 '늙어서 이런 것은 하되 저런 것은 하지 마라', '행복한 늙은이가 되려면 이렇게 하라'는 등 그 방법에 대한 지혜로운 말씀들이다. '늙어서 해야 할 일 30가지'니, '당신도 행복한 늙은이가 될 수 있다!' '젊게 사는 노년 생활' 등 지금 당장 읽지 않으면 불쌍한 노인이 되고 말 것 같은 그런 제목들의 글이다. '내가 혹시 치매 초기는 아닌가?' 하는 생각이 들 때 「치매를 예방하는 음식 50가지」라는 제목의 글을 받으면 찬물로 세수를 한 것처럼 정신이 확 돌아온다.

「70이 되기 전 당신이 꼭 해야 할 일 50가지」 따위의 글을 읽어 보면 '가정을 화목하게 만들어라' '걱정은 너무 하지 말아라' 등 '좋은 게 좋다'는 식의 충고들이 많다. 누구는 가정을 화목하게 만들기 싫어서 불화하고, 걱정을 하고 싶어서 하나?

그러나 그 중에는 마음에 새겨 둘 말도 많다. '모여서 남을 흉보지 마라' '자식에게 이래라 저래라 하지 마라' 같은 말은 수만 번을 들었을 것이나 실행에 옮긴 적은 별로 없는 지혜로운 말이다.

또 한 가지 가슴을 찌르는 말은 '너무 빡빡하게 굴지 말고 부드러운 사람, 마음의 문을 연 사람이 되라'는 말이다. 젊은 시절에 '마음의 문을 활짝 열어 두고 살아라.' '지나가는 사람과 소주 한 잔을 놓고 얘기를 해보라. 배울 것이 많을 것이다.' 따위의 겉멋만 잔뜩 든 말을 얼마나 주절주절 많이 뱉어냈던가! 이런 말을 하고 나서는 '세상 사람들이 나 만큼만 마음이 열려 있으면…' 하며 혼자 으쓱해 했다.

그러나 인간이란 "정직한 사람이 되어야 합니다" 하는 말을 하고 나면 자기는 정직한 사람인 줄 알고, "우리 마음을 터놓고 지냅시다" 하면 자기는 이미 마음을 터논 사람으로 착각하는 어리석은 동물. 바로 여기에 교육자나 성직자같이 남에게 이래라 저래라 하는 입장에 있는 사람들은 자칫하면 이중 인격자라는 비난을 듣기 쉬운 비극이 있다.

아내는 내가 은퇴를 한 후 날이 갈수록 고집이 세어지고 성질이 깡마르고 괴팍해져서 하루 종일 같이 집에 있기가 피곤할 때가 많다고 한다. 이러다가는 점심 한끼도 얻어 먹기가 힘들 날이 오지 않을까 걱정된다.

그런데 행복한 노인이 되는 방법을 일러주는 글 중 어느 글에서나 찾아 볼 수 있는 충고의 말씀이 하나 있다. '남과 사회적 접촉을 늘여라'는 짧은 말이다. 이 얼마나 절실한 말인가. 종교를 가진 사람들은 가지지 않은 사람들보다 일반적으로 더 행복하다고 한다. 그 이유가 종교적 은혜 내지 성령 때문이라고 주장하는 사람들도 있으나 은혜나 축복 때문이라기보다는 특정 종교단체의 멤버가 되어 많은 사람과 사회적 접촉이 많기 때문에 그렇다는 견해가 지배적이다.

예로 교민사회 어느 개신교 신도 L씨의 이 주일을 들여다보자. 김 집사 장모 생신, 민 장로 장례식, 구역예배, 새벽기도, 신 장로 손녀 돌, 박 신도 결혼식, 골프대회, 조 집사 집들이, 교회 피크닉, 홍집사 송별… 이렇게 바쁜 일정, 사회적 접촉이 많은 사람이 우울증을 경험할 시간이 있을까?

이 세상에 외롭지 않은 사람이 어디 있으랴만 늙어서 친구가 없는 사람이야 말로 정말 외로운 사람이다.

내 생애 아직 밝았을 때는
이 세상 친구들로 가득했지만
지금 안개 내리니
아무도 전혀 보이질 않네

헤르만 헤세가 「안개 속에서」라는 시(詩)에서 고백한 외로움이다.

오늘은 서울에 있는 대학 동기 동창들에게 열두 장이나 되는 긴 편지를 썼다. 2007년 4월에 한국을 떠난 후 오늘까지 한 번도 편지를 쓰지 못했다. 편지를 써놓고 봉투를 적다 보니 작은 책 한 권이 눈에 띄었다. 궁내박일(宮內博一)이라는 일본 사람이

쓰고 차윤근 박사가 옮긴『노년이 좋아야 인생이 아름답다』라
는 긴 제목의 책이다. 글쎄, 정말일까.

2007. 8

3부

올 봄도 예이고 보면

풍수지리와 UN 사무총장

반기문 외교통상부 장관이 유엔 사무총장으로 당선되었다. 그야말로 세계적인 인물이 태어난 것이다.

그 때문에 반 장관이 태어난 충청북도 음성군 원남면 행치 마을을 찾는 관광객 수가 부쩍 늘어가고 있다는 신문기사를 읽었다. 이들 중 많은 사람들이 풍수인들로서 이들은 반 장관의 조상 무덤이 있는 곳, 태어난 집을 둘러보고 뒷산에 올라 마을 전체 모습을 구경하고, 마을의 땅 기운[地氣]을 살펴본다는 것이다.

어느 유식한 풍수는 반 장관이 태어난 마을 형세를 선학인가형(仙鶴引駕形: 고아한 학이 수레를 끄는 꼴) 이라 했다. 그는 또 "3개의 봉우리로 이루어진 조덕산이 반 장관이 태어난 집을 좌우에서 감싸는 가운데 오른쪽 봉우리가 강한 기운을 갖고 있어 반 장관이 고향보다는 타향에서 인정과 지지를 받게 된 것"이라고 해석했다.

이걸 들으니 참았던 웃음이 왈칵 터져 나온다. 그야말로 귀에 걸면 귀걸이, 코에 걸면 코걸이 식, 제멋대로 해석이다. 고려 때 안향(安珦) 이라는 선비가 굿을 해서 나쁜 귀신을 쫓아낸다는 무당들을 감옥에 집어 넣어 버린 지가 600년 넘는 세월이 흘렀지 않는가. 하늘에는 소리보다 더 빠른 비행기가 날고, 땅에는 전자통신이 몇 초 안에 지구촌에 살고 있는 사람들에게 소식을 전해주는 2006년, 그러나 우리는 600년 전 고려 때로 되돌아 가는가, 언론에서는 이 우스개 같은 말을 마치 어느 유명 내과의사의 진단이나 되는 것처럼 떠들어 댄다.

심리학 같은 행동과학에서 쓰는 말로 '사건 후 설명', 영어로 말하면 post-hoc explanation 이라는 게 있다. 문자 그대로 어떤 현상이 일어난 후에 왜 그 현상이 일어났는가를 설명하는 것, 예를 들자면 자살 사건이 일어난 후에 왜 자살 사건이 일어났는가 그 이유를 찾는 것이다. 이와 같은 사건 후 설명은 화려한 추측만 무성케 하여 과학적 설명을 하지 못하기 때문에 사회과학에서 권장하는 설명 방법이 아니다.

과학의 목적은 모든 현상을 설명하고, 예언, 통제하는 데 있다. 예로, 마약 중독자가 어떤 특징을 가지고 있는가를 묘사하는 것은 설명에 속한다. 이것은 모든 행동 과학의 출발점이랄까 초기 단계에 지나지 않는다. 한 발 나가면 앞으로 어떤 경우에 마약 중독자가 되는가 하는 미래를 내다보는 예언이 나온다. 그 다음에는 앞으로 어떻게 하면 마약 중독을 예방할 수 있는가 하는 통제 문제다. 물론 이 3요소가 반드시 단계별로 일어나는 것은 아니다.

반 장관의 경우, "조덕산 세 봉우리의 기운 때문에 반 장관이 사무총장이 되었다"면 사무총장이 되고 난 후가 아니라, 되기 전에 이 사실을 예언했어야 했다. 그 전에는 말 한마디 없다가 사무총장이 되고 나서 산(山) 기운 때문에 총장이 되었다고 그럴듯한 설명을 끌어대는 것은 조금도 믿을 수 없는 사건 후 설명에 지나지 않는다.

박정희 장군이 5 · 16 쿠데타에 성공하여 대통령이 되었을 때 풍수인들은 박 대통령이 태어난 집에서 바라보이는 앞 산(山)에 있는 흰 색깔의 큰 바위가 정기를 뿜어 그 기운으로 박정희가 대통령에 오를 수가 있었다고 했다. 그 다음, 박 대통령이 김재규의 총탄에 맞아 명(命)대로 살지 못하고 죽었을 때 풍수인들은 그 흰 색깔의 바위가 나쁜 기운을 내뿜어 그런 비극을 맞았다고 한다.

그런데 언론에서는 역대 대통령들이 선조들의 묘를 잘 썼기 때문에 대통령이 되었다는 풍수지리 해석을 무슨 과학적 연구 보고서나 되는 것처럼 끌어댄다. 문제는 수준 낮은 언론이다.

조상 산소의 위력이 이처럼 대단한 것이라면 자기가 죽으면 화장해서 그 재를 바람에 날릴 낭만적인 생각을 하는 사람들은 후손의 번영을 위해서 다시 한 번 생각해 볼 일이다.

그런데 모두가 죽은 사람 때문에 산 사람이 이렇게 큰 덕을 본다고 하니 천당이나 극락은 살아있는 사람에게도 그야말로 막강한 영향력을 행사하는 모양이다.

(2006. 11.)

사약(賜藥)

　미국 미시간 주의 디트로이트(Detroit)라는 도시에 사는 커보키언(J. Kevorkian)이라는 의사는 100명이 넘은 사람들의 안락사(安樂死: 살아 날 가망이 없는 병자의 고통을 덜어주기 위하여 인위적으로 죽음에 이르게 하는 일)를 도와준 죄목으로 8년이나 감옥살이를 하다가 풀려 나왔다는 기사를 읽었다. 안락사 방법은 주사기로 독극물을 혈관에 넣는 것이었다 한다.

　이 기사를 읽으니 조선시대 때 왕족이나 고등관리의 사형 집행 수단으로 쓰이던 사약(賜藥)이 생각난다. 사약은 "왕이 독약을 내린다"는 뜻이며 예부터 실시된 형벌의 하나로 형법 교과서[刑典]에는 나와있지 않는 약이다. 즉, 사대부가 죄를 지었을 때 그들의 신분을 생각해서 교수형 대신 독약을 보내 자살하게 한 형벌, 주로 비상(砒霜)을 재료로 사용했으며 생금(生金), 생청(生淸), 부자(附子), 게의 알[蟹卵]등을 섞어서 썼다고 하나 공식적인 기록이 없으니 하나의 추측일 뿐이다.

사약의 주성분인 부자(附子)는 한 번 끓인 다음 식혀서 조금씩 먹으면 독약이 아니라 보약이 된다는 말을 어릴 때 아버님께 여러 번 들었다. 그러나 아버님이 한의사도 아닌데다가 사약에 관한 '공식적'인 약방문(藥方文)이 있는 것도 아니니 데워서 먹으면 독약, 식혀서 먹으면 보약이란 논리에 지금도 얼른 수긍이 가질 않았다.

한국에는 부자(附子) 종류에 속하는 초오(草烏: 미나리 아재비과)가 많이 자라는데 이것을 먹으면 위장 안에 점막 출혈이 일어나 토혈을 하면서 생명을 잃게 된다고 한다. 그러니 사약도 비상이나 초오를 써서 만들었을 것이다.

사약은 귀양을 보낸 자에게 내리는 경우가 많았는데 일단 귀양을 보냈으나 그의 죄에 비해 처벌 정도가 가벼웠다고 생각되는 경우 가중처벌의 형식으로 사약을 내렸다. 그러나 알고 보면 처벌의 무겁고 가벼움보다도 정적들이 얼마나 끈질기게 물고 늘어지느냐에 따라 사약 여부가 결정되는 경우가 많았다.

'사약 하면 사람들은 사극에서 숙종의 애인 장희빈이나 연산군의 생모 윤(尹)씨가 성종이 내린 사약을 받고 약그릇을 비우자마자 피를 토하고 쓰러지는 장면을 연상한다. 그러나 문헌을 보면 사약은 한 그릇에 곧바로 꼬꾸라지는 것은 아니며 한두 그릇, 어떤 사람은 서너 그릇은 들이켜야 천당이나 지옥 문이 스르르 열린다고 한다. 그러니 사약을 먹고 죽는 시간이 두세 시간이나 걸리는 오랜 고통이다.

우리가 잘 아는 숙종 때의 대학자요 정치가인 우암(尤庵) 송시열은 제주도로 귀양 갔다가 다시 서울로 송치되어 오는 길에 전라북도 정읍(井邑)에서 사약을 받았다. 몸집이 장대했던 그는 사약 한 사발에 끄떡도 않아 두세 사발을 더 마시고 나서 천천히 요단강을 건너는 배에 올랐다고 한다.

　나 같은 겁보는 "이동렬이가 마실 사약을 든 관헌들이 서울을 떠났다더라"는 말만 듣고도 벌써 자리에 드러누워 먹지도 마시지도 못했을 것이고 "그들이 동네 어귀에 들어섰다"는 말을 듣고는 고만 의식을 잃고 혼수상태로 들어갔을 것이다. 이렇게 보면 나이는 불과 37살밖에 안되지만 사약을 마시기 전에 자기 방으로 들어가 절명시(絶命詩) 한 수를 남긴 정암(靜庵) 조광조 같은 선비는 그 기개가 보통이 아닌 선비였을 것이라는 생각이 든다.

　임금을 어버이처럼 사랑했고
　나라를 내 집처럼 근심했네.
　해가 아래 세상을 굽어보니
　충정을 밝게 비추리
　(愛君如愛父… 昭昭照丹衷)

　조광조 같은 선비의 죽음도 말 할 수 없이 어리석고, 약해빠진 임금 중종의 배신 때문이었다. 중종은 반정 후 권신들의 압력을 버티지 못하고 자기의 조강지처인 신(愼)씨와 마음에 없는 이혼을 한 나약한 사람이 아니었던가!

　사약을 받고 저승으로 간 사람들 중에는 죄를 지은 사람도 있었지만, 아무 죄가 없는데도 당파 싸움의 희생양이 된 사람들도 많았다. 이제는 사약이 없어진 지 100년이 넘은 민주주의 시대. 대한민국 정부가 들어선 후 오늘날까지 현대식 '사약'을 받은 사람이 여럿 있지마는 그들은 그 무서운 군사 정권 시절에나 있었던 일. 이제는 그 시절처럼 아무 죄 없는 사람을 잡아다가 자신도 모르는 죄목을 뒤집어 씌워 목숨을 끊는 따위의 행위는 없을 것이다. 달팽이 걸음이지만 세상은 점점 더 인간의 존엄을 찾는 쪽으로 가고 있다는 생각이 든다.

(2007. 6.)

심원의 봄눈[沁園春雪]

　영남 대학교 중국문학과에서 교편을 잡던 반농(伴農) 이장우 교수가 자기의 은퇴 기념으로 출간했다면서 『중국명시감상』이라는 책을 한 권 보내왔다. 이 책은 반농교수 자신이 한시를 감상한 것이 아니라, 한국에서 중국 문학을 가르치고 있는 현직 교수 116명에게 자기의 애송시 한 편을 풀이·감상 해달라고 부탁해서 이를 한 권의 책으로 펴낸 것이다.

　한국에서 교수들이 은퇴를 할 때 하나의 관례처럼 행해지는 유행의 하나는 발표한 지 실로 오랜, 20~30년이 지난 자기 논문들을 모아 두툼한 책으로 만들어 은퇴 기념식에 오는 사람들에게 한 권씩 주는 것이다. 그걸 볼 때마다 속으로 '요새처럼 지식이나 연구방법이 빨리 변하는 세상에 이렇게 고색 창연한 논문들이 무슨 쓰임새가 있을까?'하는 궁금증이 일곤 했다.

　그런데 연구 업적으로 말하면 누구에게도 뒤지지 않을 반농(伴農)은 이 길로 가지 않고 자기와 전공이 같은 사람들에게 그들의 애송시 풀이를 부탁하여 120편에 가까운 시(詩) 감상을 한 권의 책으로 펴냈다. 큰 힘들이지 않고 실로 좋은 책을 만들었으니 이 얼마나 재미있는 생각인가.

책을 여기저기 뒤적이다가 「심원의 봄눈」이라는 모택동(毛澤東)의 시(詩) 한 편이 눈에 띄었다. 동서 대학교 권세진 교수의 애송시다.

이 나라 북녘 땅의 풍경이여/ 천리에 얼음 덮이고/ 만리에 눈발 날리는/바라보니 만리장성 안팎은/ 그 어디나 흰 눈에 덮이고/ 저 황하의 흐름도/ 어느덧 그 도도한 기세 잃었구나/ … / 아쉽게도 진 시황과 한 무제는/ 글 재주 모자랐고/ 당 태종과 송 태조도/ 시재(詩才)가 무디었어라/ 한 때 하늘의 아들이라 자랑하던 징기스칸은/ 독수리 떨구는 활 재주밖에 없었더라/ 아, 모두가 지나간 옛 일/ 정녕 영웅호걸을 찾으려거든/ 그래도 우리 시대에 눈을 돌리라

모택동은 뛰어난 정치가요, 군사 전략가임과 동시에 시인이자 문필가였다. 그는 1934년 10월 15일 밤, 중국 남주 장시[江西: 강세]에서 약 8만 명의 군대를 끌고 장개석 국민당 군대의 끈질긴 추격을 받으며 중국 대륙의 안으로, 안으로만 쫓겨가는 대장정의 길에 나섰다. 모두 368일, 9654킬로미터, 그것도 이 지구상에서 가장 험준하다는 지역을 뒤쫓아 오는 적과 싸우며, 온갖 질병과 굶주림에 시달리며 걸었다. 그야말로 죽음의 행군 2만 5천리.

이 대장정의 마지막인 옌안[延安: 연안]에 도착했을 때는 함께

떠난 사람들 가운데 살아남은 사람은 겨우 8분의 1밖에 되질
않았다. 비록 그림 이야기긴 하지만 「대장정」이라는 1,000페이
지가 넘는 책을 우리말로 옮긴 송춘남님에 의하면 이 장정에서
살아남은 강철 같은 의지와 인내, 그리고 '이제는 무엇이라도
해낼 수 있다'는 자신감이 오늘날 중국 국가 발전의 원동력이
되었다고 한다. 위에 적은 「심원의 봄눈」은 대장정이 끝나고
이제 천하를 거머쥔 뿌듯한 기분으로 쓴 시(詩)다.

중국 문학을 전공한 정재서 교수에 의하면 서양에서는 정치
가들에 요구되는 것은 냉철한 이성이지, 시인의 예민한 감성
따위는 필요 없는 것으로 보았으나, 동양에서는 세상을 다스리
자면 이성뿐만 아니라 시인의 부드러운 감성이 있어야 한다고
생각했다. 그러므로 중국의 역대 임금들은 거의 모두가 수준급
시인들이었다고 한다.

아무튼 모택동은 여러 면에서 빼어난 인물이다. 그의 호방한
대륙성 기질, 남달리 큰 배포, 자만심에 가까운 자신감, 억센 기
상과 패기, 이 모든 것이 「심원의 봄눈」이라는 제목의 시(詩) 한
편에 고스란히 담겨져 있다 해도 크게 빗나간 말은 아닌 것 같
다.

(2007. 4.)

서울

서울이 좋다지만 나는야 싫어
흐르는 시냇가에 다리를 놓고
고향을 잃은 길손 건너게 하며
봄이면 버들피리 꺾어 불면서
물방아 도는 내력 알아 보련다.

위에 적은 것은 손로원 작사, 이재호 작곡의 「물방아 도는 내력」이라는 대중가요의 노랫말이다. 6·25 사변이 끝난 직후 세상 빛을 처음 본 후 엄청난 인기를 끌었던 가요로 기억한다. 비극적인 전쟁, 자유당의 분탕질, 뼈저린 가난, 캄캄한 앞날, 실로 어수선한 시국, 이 모든 것 다 떨쳐 버리고 고향으로 돌아가서 조용하고 단순하게 살고 싶다는 염세에 가까운, 현대판 도연명(陶淵明)의 귀거래사이다.

이 「물방아 도는 내력」은 태어난 지 50년이 넘은 오늘에도 노래방에 가면 이 방, 저 방에서 간간 들려 오는 노래다. 이 노래를 부르는 60, 70세의 나이가 있으신 '가수'들의 표정이 얼마나 간절하고 진지한지를 보라! 아스팔트와 고층건물, 자동차에서 뿜어 나오는 연기, 시끄러움, 사람들에 밀려 오르내리던 지하철 이 모든 것을 훌쩍 떠나서 어렸을 때 살던 그 정든 고향산천에 가고픈 그리움으로 가득 찬 그런 하나 같은 표정들인 것을.

이렇게 노래에서는 서울이 싫다고 한 사람들도 있지마는, 그보다는 서울에 살며 화려한 인생 설계를 꿈꾸는 사람들이 압도적으로 더 많지 않을까? 지금 대한민국 국민의 90%는 서울에 못 살아 안달. 싫다, 싫다 하면서도 모두가 서울에 살기를 바라는 것 같다. 그만한 이유도 있다. 예로 2007년 4월 5일자 신문들은 일제히 한국에서 서울에 사는 사람들의 평균 수명이 가장 길다는 통계 수치를 발표했다. 서울은 "의료 · 문화 시설이 잘 갖춰진데다가 응급체제도 상대적으로 뛰어나서" 그렇다는 것이다. 이 소리를 듣고 어찌 서울 가서 살아야겠다는 생각이 들지 않겠는가!

서울과 지방의 차이는 날이 갈수록 더 커진다. 교육이고 의료시설, 문화 · 예술에서 소위 최고의 최고는 서울에 다 모여있다. 이 점점 벌어지는 서울-지방간의 차이는 앞으로 나라 꼴을 우습게 만들 것이라고 걱정한 어느 저자의 말이 생각난다. 조선시대에는 서울과 지방의 차이가 거의 없었다고 한다. 그 때 소위 학식깨나 있다는 높은 벼슬자리에 있던 사람들 대부분은 자기 고향에 근거지를 두고 직장 때문에 임시로 서울로 간 사람들. 그러니 이들은 벼슬살이가 끝나면 다시 자기 고향으로 돌아가서 후진을 양성하며 거기서 살았다. 서애(西涯) 유성룡이 그랬고, 면앙정(俛仰亭) 송순, 그 수를 헤아릴 수 없이 많다. 그러니 지식층은 서울뿐만 아니라 어느 지방에도 골고루 퍼져 있었다는 말이다.

또한 그 때의 큰 학자들, 이를테면 예안의 퇴계(退溪) 이황, 고산의 율곡(栗谷) 이이, 덕산의 남명(南冥) 조식 같은 거유(巨儒: 큰 유학자)들은 앞으로 큰 학자가 될 젊은 선비들을 가르치고 있었으니 그 지방의 지적·문화적·예술적 수준이 서울에 뒤질 것이 뭐이랴. 퇴계의 도산서원, 남명의 덕산서원, 율곡의 은병정사는 전국 지성인들은 다 끌어 모이는 오늘의 서울대학교가 아니었겠는가?

그러나 그 때도 서울을 부러워하고 동경하는 사람들이 있었지 싶다. 내가 어릴 때만 해도 한 댓새 정도 서울에 있는 친척 집에 다녀 온 사람들도 고향 정거장에 발을 디디기 바쁘게 제 깐에는 서울말 한다고 그 투박한 경상도 말 끝에 간지러운 긴 꼬리를 달아 빼치는 실로 우습게 들리는 '서울말'을 하는 사람들이 있었다. 무척 서울 사람이 되고 싶어서 그랬던 것이 아니겠는가.

이제는 세월을 잊고 시름없이 돌아가던 그 물레방아는 사라진 지 오래, 그 자리에 대형 '암소 전통 가든 불 갈비 집'이라는 괴상한 이름을 가진 음식점이 들어섰다. 다리를 놓아 고향을 잃은 사람들을 건너 가도록 하겠다던 그 개천에는 국군 1940부대 탱크가 10대 한꺼번에 지나가도 끄떡 없을 튼튼한 길이

되었고, 그 위를 달리는 자동차 운전사 앞에는 조그만 전자 길
안내기가 붙어있다.

　그러나 버들피리를 꺾어 불던 봄, 그 봄은 예나 지금이나 변
함없이 우리를 찾아온다.

(2007. 4.)

먹의 향기[墨香]

불면증이 있는 것도 아닌데 밤중에 일어나 화장실에 다녀와서는 다시 잠을 들지 못 할 때가 있다. 한 달에 한 번쯤 그럴까? 눈을 멍하게 뜨고 밤을 홀랑 새워야 하는 고통은 당해 보지 않는 사람은 모른다.

이럴 때 먹[墨]을 듬뿍 갈아서 붓글씨라도 휘적 휘적 썼으면 좋겠지만 그러기 위해서는 책상 위에 놓인 물건을 모두 치워야 한다. 그게 귀찮아서 이사를 온 후 꼭 붓을 들어야 하는 경우를 빼고는 실행에 옮긴 것은 한 번도 없다.

헌 담요가 깔린 큼지막한 책상이 놓인 글씨 방이 하나 있으면 더 할 수 없이 좋을 것이다. 그러나 가구도 다 들여 놓지 못하는 비좁은 공간인데 글씨를 쓰기 위한 책상이 자리를 차지한다는 것은 사치 치고도 큰 사치이다. 더구나 내가 매일 붓을 들어야 하는 유명한 서예가도 아니지 않는가.

그러나 유명하든 유명하지 않든 간에 글씨에 대한 향수는 좀

처럼 줄어들지 않는다. 한국에서 붓글씨를 쓰던 때의 즐거움은 내 인생의 빼놓을 수 없는 소중한 경험의 하나이다.

옛날, 그 옛날, 내가 글씨를 배우던 '동방연서회'가 파고다 공원 맞은편 관수동 골목에 있던 시절, 나는 국전을 준비해야 할 때가 오면 온 여름 방학 동안 연서회에서 먹고 자며 글씨를 썼다. 날씨가 무더운 여름 밤에는 부끄러운 곳을 가리는 기본적인 것 말고는(거기가 자랑스럽고 성스러운 곳이지 어째서 부끄러운 곳이란 말이냐) 알몸으로 글씨를 쓰며 밤을 새웠다. 아래층 옆집 <유락정>이라 불리던 고급 요정, 거기서 들려오는 노래 소리는 공으로 들었다. 그게 벌써 46년 전, 강물같이 흘러간 세월이다.

몇 주 전 <동방연서회>에서 글씨를 가르쳐주던 일중(一中) 김충현 선생이 세상을 뜨셨다는 신문기사를 읽었다. 1996년 여름이었던가, 우리 부부가 한국을 방문 했을 때 같이 글씨를 쓰던 서우(書友)들이 우리 부부가 왔다고 베풀어 준 환영파티가 있었다. 그 잔치에 일중 선생도 오셨다.

강원대학교에서 한문을 가르치다 은퇴한 황재국 교수의 등에 업혀서 "내가 도천(陶泉) 내외가 아니면 언제 여기 온 사람들을 한자리에서 만나 보겠나" 하시던 선생님, 이제는 영영 다시 뵈올 길이 없다. 그 때 이 노대가(老大家)의 말씀을 듣고 나를 알아준다. 속으로 어린아이처럼 좋아하던 우리 부부도 어느덧 70이 내일 모레다. '유성화 무성시(有聲畵 無聲詩)'라는 말이 있다. 소리 있는 그림이라는 말이니 시를, 그리고 소리 없는 시란 말이니 그림을 뜻하는 말이다. 그러니 시와 글씨, 그림이 다 한 가지,

즉 시서화 일체라는 말이다.

　구 은은한 먹의 향기가 그립다. 책상을 정리하고 먹을 갈아야지. 그러나 천성이 게을러 그런가 매일 한다 한다 벼르기만 한 지가 몇 달이 지났다. 이럴 바에야 차라리 손에 쉽게 잡히는 시를 읽는 게 낫지 않을까. 그러나 순정이 메말라서 그런가, 아니면 나이 때문인가, 요새는 시를 읽어도 옛날같이 그렇게 가슴에 와 닿질 않는다. 그래도 자꾸 읽으면 옛 순정이 조금이라도 되살아나겠지. 그런데 아무리 시와 글씨와 그림이 같은 것이라 해도 시를 읽는 것이 글씨를 쓸 때와 같은 향기를 뿜지는 않을 것 같다.

(2006. 12.)

수필과 자기도취

수필은 고백 문학이라 한다. 화가가 자화상을 그리듯이 수필을 쓰는 사람은 자기의 경험을 바탕으로 사람들이 공감 할 수 있는 산문을 쓰는 종류의 문학이다.

자칫하면 수필은 수필을 쓴 사람의 일상 생활에서 일어난 일을 별 의미 없이 주절 주절 늘어 놓는 신변 잡기가 되기 쉽다. 예로 40대의 어느 주부가 아침을 먹은 후 청소하고, TV 보고, 빨래 하고, 시장 다녀오고…. 저녁 잠 자리에들 때까지 하는 일을 직접, 간접으로 아무 전달 하려는 메시지도 없이 그냥 주절 주절 늘어 놓으면 신변잡기가 되는 것이다. 그러면 수필과 신변잡기가 무슨 차이가 있는가? 구별이 명확히 안 되는 경우가 많다. 피천득 교수의 주장에 따르면 종이 한 장 차이, 즉 좋은 수필은 흔히 신변잡기에서 출발 한다고 한다.

이런 이유 잡동사니 문학이랄까 신변잡기로 몰릴 수 있는 가능성 때문에 소설이나 시를 쓰는 사람들 중에는 수필을 자리매

김한 문학으로 생각하지 않는 사람들이 많다. 그러니 한국 각 신문사에서 신춘문예 현상에도 수필은 없는 경우가 많다. 이 점이 중국이나 일본과는 다르다.

한 마디로 수필은 문학의 서자(庶子) 취급을 받고 있다. 그런데 흥미로운 사실은 내가 중, 고등 학교를 다닐 때 국어 교과서에 10편이 넘는 수필 작품들이 실려 있었다는 것이다. 중학교에 들어가자 마자 설의식의 「광화문」으로 시작해서 고등학교 때는 피천득의 「수필」, 오상순의 「짝 잃은 거위를 곡 하노라」, 이효석의 「낙엽을 태우며」, 김진섭의 「백설부」, 이양하의 「신록예찬」, 안재홍의 「목련화 그늘에서」, 정비석의 「산정무한」…, 그리고 고전 수필 「조침문(弔針文)」, 외국 수필로 안톤 슈낙의 「우리를 슬프게 하는 것들」 등, 지금 당장 생각나는 것만 해도 10편이나 된다. 문학의 자리매김도 못한 서자가 국어 교과서에서 이처럼 큰 자리를 차지하고 있다니!

고려나 조선 때 나온 문집(文集)이란 대부분 시(詩)나 수필을 묶은 것이다. 예로 이인로의 『파한집』, 유형원의 『반계수록』, 박지원의 『열하일기』 등은 모두가 수필이라 불릴 수 있지 않는가. 그런데도 수필은 떳떳하게 문학 대열에 끼이지 못한다니 이런 수필의 천민(賤民) 신분을 지지하는 사람들은 중, 고등학교도 다니지 않았고, 우리의 고전 한 권 읽어 보지 않았다는 말인가? 무식을 탄식할 수 밖에 없다.

수필에서는 수필을 쓰는 사람들이 작품 하나를 써 놓고 스스로 만족하며 대견해 하는 사람들이 많다. 수필 한 편을 쓰는데 요구되는 정력이 비교적 다른 문학 분야보다 적은 데다가, 자기

경험에 기반을 둔다는 것, 그리고 문학 수업 없이 아무나 쓸 수 있는 것이기 때문에 그렇다고 한다. 이 자기 만족 내지 자기도취 때문에 더 좋은 수필을 쓰려는 노력을 게을리한다는 것이다.

다음은 대 문장가 연암 박지원이 시(詩)에 대해서 쓴 글이 어느 책에 실린 것을 내가 간추린 것이다.

어느 어린 아이가 마당에서 놀다가 갑자기 자기 귀에서 무슨 소리 [耳鳴]가 들리기에 옆의 아이에게 "얘, 너 이 소리를 들어봐, 무슨 노래 소리 같은 게 들려!" 옆의 아이가 서로 맞대고 귀를 기울여 보았지만 아무 소리도 들리지 않았다. 그러자 귀에서 소리가 나는 아이는 분명히 자기에게는 들리는 이 소리를 남들은 알아주지 않는다고 한탄하였다. 또한 어느 시골 사람이 잠을 자는데 코를 드르렁 드르렁 골아댔다. 그 소리가 어찌나 요란한지 잠을 잘 수 없는 옆 사람이 흔들어 깨우자 발끈 성을 내면서 말하기를 "내가 언제 코를 골았느냐?"고 대드는 것이었다.

이명(耳鳴)은 자기만 알지 남은 결코 모르는 것이고, 코 고는 것은 남들은 다 아는데 정작 자기만 모른다. 시나 수필을 쓰는 사람들 중에는 이명에 걸린 아이처럼 사람들이 알아보는 식견이 없어서 자기의 이 훌륭한 작품을 알아주지 않는다고 억울해하는 사람들이 많다. 또한 코 고는 사람들처럼 남들이 자기 글에 대해서 한 마디라도 듣기 싫은, 그러나 이유 있는 지적을 하면 고만 얼굴을 붉히고 화를 내는 사람들도 많다. 그러나 모두 자기 이름 뒤에 '시인(詩人)'이나 '수필가'니 하는 칭호를 붙여주면 뛸 듯이 좋아한다. (2007. 3.)

서정수필을 쓰고 싶다

몇 주 전 일이다. 나보고 "이 선생은 왜 살아가는 데 필요한 지식이나 지혜가 되는 수필을 쓰지 않고 고향이 그립다는 등 그런 정서적인 글만 씁니까?" 하고 묻는 사람이 있었다. 맞는 말이다. 나는 서정적인 글을 쓰려고 하지 소위 지식이나 지혜 따위를 전해주는 글은 되도록 피한다.

내가 알기로는 수필에서는, 적어도 동양 수필에서는, 지식이나 지혜를 제공하는 것이 주된 임무가 아닌 것으로 안다. 그런 것은 논문이나 보고서에서 할 일이요, 시(詩)나 수필 같은 문학에서는 정서가 그 텃밭이 되어야 한다는 말이다. 한국 수필의 명작으로 꼽히는 윤오영의 「달밤」, 「방망이 깎던 노인」이나 피천득의 「인연」 같은 글을 보면 그 글을 통해서 독자들에게 어떤 지식을 전달하려는 노력은 없지 않는가.

내가 수필에 대한 이 같은 생각이 맞는지 아닌지 다시 한 번 확인해 보려고 '수필 쓰는 법'에 관한 책 서너 권을 뽑아 여기저기 흩어 보았다. 아내의 말이 나는 내가 쓴 글에 스스로 만족, 도취하는 속물(俗物) 근성이 많다고 하니 수필에서도 엉뚱한 길로 들어서는 것은 수필을 공부하는데 그다지 도움이 되지 않는다는 생각이 들어서였다.

『연애 하는 법』이란 책을 읽었다고 연애를 잘 하는 것이 아니고, 요리책을 앞에 놓고 음식을 장만한다고 해서 맛있는 음식이 보장되는 것도 아니다. 그러나 이런 책을 읽고 나면 적어도 연애를 하거나 요리를 할 때 어떤 것은 절대 하지 말아야 하는 것은 알게 되지 않는가!

내가 평소 수필에 대해 생각하던 것이 잘못된 것은 아니었다는 것이 대번에 확인 되었다. '수필 쓰는 법에 대한 책'을 쓴 저자(모두가 한국 사람이었다) 모두가 한 목소리로 수필은, 특히 동양의 수필은, 지식이나 지혜를 전달하는 문학이 아님을 강조하였다. 지나치게 지식이나 지혜를 전달하려 들면 글이 깡마르거나 계몽적이 되고, 그 결과 문학적이 되질 못하기 쉽다는 것이다. 문학적이다, 문학적이 아니다는 것은 독자가 글을 읽고 아름다움을 느낄 수 있느냐 없느냐로 생각하면 된다.

글이 지나치게 계몽적이거나 지식 전달에 치우치게 되면 '이거 몰랐지 몰랐을 거야' 하는 지식의 패션쇼(fashion show)가 되기 쉽다. 그리고 이 정도 지식이나 지혜는 독자들 중에 이미 알고 있는 경우가 많지 않는가.

백돼지새끼 이야기를 해야겠다. 옛날 중국 요서(遼西)지방에 돼지를 치는 어떤 농부가 있었는데 한 번은 온 몸이 하얀 색깔의 백돼지[白豚]가 나왔다. 이 '진귀한' 돼지를 임금님께 바쳐야겠다고 마음 먹은 농부는 돼지를 지게에 지고 임금님이 계신 곳으로 열흘이 넘는 길을 떠났다. 그런데 요동(遼東)지방을 지나가다 보니 그 곳의 돼지는 모두 흰 돼지가 아닌가. 이렇게 흔해빠진 것을 자기는 진귀한 것이라고 며칠을 지고 오며 고생한 것이 부끄럽기도 하고 부아가 난 이 농부는 돼지를 지고 되돌아 가버렸다는 이야기다. 자기에게는 놀랍거나 진귀하게 생각되는 지식도 다른 사람 눈에는 지극히 보통에 지나지 않을 때가 많은 것이다.

살아 가는 데 지혜나 지식을 전달한다는 말도 어떻게 살아가느냐에 따라 필요한 지혜나 지식이 달라지는 것이다. 그런데 도대체 "인생을 이렇게 살아야 한다"고 말할 수 있는 사람이 이 세상에 어디에 사는 누구란 말인가! 너무 사람들에게 "이렇게 살아야 한다"고 가르치려 들면 아니꼽고, 삶과 글이 일치하지 않는 위선적인 글이 되기 싶다. 이 때문에 윤리 도덕적 삶을 강조하는 성직자들 중에는 좋은 수필을 쓰는 사람이 드물다.

나는 서정 수필을 쓰고 싶다. 서정 수필에서는 내가 겪었던 인생 경험과 인생살이 속 눈물을 독자들과 나누어 가질 수 있을 뿐만 아니라 내 감정도 풍요롭게 해줄 수 있기 때문이다.

(2007. 1.)

노벨상

2001년 어느 신문에 났던 통계로 기억한다. 학계에서 가장 권위 있는 상(賞)으로 알려진 노벨(Nobel)상 수상자를 가장 많이 낸 나라는 2001년 현재 미국이 201명, 영국이 70명이었다.

무슨 일이든 우리가 그들에게 강한 경쟁심을 느끼는 이웃 나라 일본은 어떤가? 1949년 물리학상을 시작으로 일본 사람들이 받은 노벨상을 보면 물리 4, 화학 4. 문학 2, 의학과 평화가 각각 한 사람, 모두 12명으로 상을 받은 사람이 단 하나뿐인 우리와는 비교가 되지 않는다.

앞으로 50년 동안 30명의 노벨 수상자를 꿈꾸고 있는 일본은 2001년에는 스웨덴의 스톡홀름에 학술진흥회의 사무소를 개설하고 노벨상을 위한 홍보와 로비를 본격적으로 한다는 계획이란다. 이걸 보면 적극적인 '운동' 없이 가만히 앉아서 노벨상의 꽃다발이 자기 가슴에 안기도록 기다리는 것은 마치 사과가 자기 입 안에 똑 떨어지기를 기다리는 것과 같다는 생각이 든다.

벌써 몇 해가 지났다. 우리나라에서는 김대중 대통령이 단군 이래 처음으로 노벨 평화상을 받았다. 그 때 정치적으로 반대 입장에 있던 국회의원과 피 뜨거운 몇 몇 사람들이 스웨덴까지 몰려가서 코리언 김대중이라는 사람에게 노벨상을 주어서는 안 된다는 시위를 했다는 신문 기사를 읽었다. 그리고 며칠 후 보통 자기나라 사람에게 노벨상을 달라고 로비를 하는데 한국 사람들은 자기나라 사람에게 주지 말라고 시위를 하는 것이 도무지 이해가 안 간다는 미국 어느 잡지 기사를 읽은 것이 생각난다.

이들에게는 나라의 명예고 프라이드고 뭐고 없다. 무조건 김대중이가 하는 것은 다 싫은 것이다. 그 뒤 김 대통령이 노벨 평화상을 받았을 때 많은 한국에 있는 사람들, 특히 정치인들이나 언론인들은 돈으로 '노벨상을 샀다'고 입을 삐죽거렸다.

벌서 여러 해가 지난 일이지만 나는 이 '돈으로 샀다'는 말을 퍼뜨리고 다니는 언론인이나 정치인들을 보면 세상에 이다지도 무식하고 격(格) 없는 사람들이 어디 있나 싶은 생각이 든다. 무식하다는 것은 돈으로 다섯 명이나 되는 노벨상 위원회 위원들을 소문 내지 않고 매수 할 수 있다고 생각 하는 것이고(이런 사람들은 자신들이 문제가 터졌을 때마다 돈으로 해결했거나, 아니면 자기들이 돈 앞에서는 맥을 못 추는 사람들이지 싶다.), 격이 없다는 것은 자기 나라 사람들에게 상을 주지 말라고 스웨덴까지 가서 시위를 벌렸다는 사실이다. 권투에서는 "설사 KO를 당해서 쓰러지더라도 기본 자세는 잃지 말아야 한다"면서 기본자세를 잃으면 경기에서 진다고(If you lose the form, you lose the fight) 역설하던 어느 권투 코치의 말이 생각난다. 이들은 기본 자세를 모르는 사람들이다. 보다 못해 노벨상 위원회에서 '돈으로 노벨상을 샀다고 하는 것은 노벨상을 모독하는 것이다'는 매서운 성명을 낸 후로는 좀 주춤 해졌다.

남이 하는 것을 보고 우리도 따라 해야 한다는 법은 없지만, 일본이 앞으로 노벨상을 더 많이 받기 위해서 학술 진흥청 사무소를 스웨덴에 개설하고 자기네 과학자들에 대한 홍보와 로비를 하기로 결정한 것을 보면 노벨상은 가만히 있어서 손에 쥐어지는 상이 아닌 모양이다. 한 때 대한민국 정부가 정한 제1의 과학자요, 그가 노벨상을 거머쥐는 것은 시간 문제라며 들뜬 사람들 입에 오르내리던 그 제1은 결국 치욕과 불명예 속에 쓸쓸히 무대 뒤로 사라지고 말았다.

노벨상을 주는 노벨의 제사날인 12월 10일이 가까워 온다.

(2006. 11.)

아! 대한민국

한국 D대학교에서 가르치다가 은퇴한 대학 동기동창 H가 심심풀이로 읽어보라며 「전세계에서 한국이 차지하고 있는 국력과 세부순위」라는 긴 제목을 단 글을 보내왔다.

읽어보니 한국이 전자기술이나 외환 보유고등 23가지가 세계에서 차지한 상대적 위치에 관한 정보가 실려 있었다. 예를 들면 북한을 빼고 한국의 크기는 세계 230나라 중 110위, 인구는 세계 25위, 인구밀도는 세계 10위, 그러나 국내 총 생산 규모로 불리는 GDP는 세계 제10위라고 한다.

국력에 있어서는 중국 국무원 산하에 있는 사회과학원 보고서를 인용 했는데 한국은 2006년 현재 세계 9위라는 것. 평가 기준은 외교력, 인적자원, 정보통신, 자본력, GDP 등 모두 9가지 기준의 평균치란다. 그리고 종합정리 난에서는 "세계에서 유래를 찾기 힘든 단일 민족이라는 사실"이 나라 발전의 주원인이 되었다는 주장이었다.

　　그러나 부정적 이야기도 있다. "국민 의식도 많이 향상 되었으나 교통사고 세계 제1위의 불명예와 공중도덕 의식의 후진성으로 아직 우리나라는 물질적인 고도 성장에도 불구하고 완전한 선진국 대열에 끼지 못하는 예비 선진국 단계에 머물러 있다"는 얘기다. 미국의 어느 유명한 컨설팅 업체 발표에 의하면 세계 주요 도시 '삶의 질'에서는 서울은 전 세계 215개 도시 가운데 89등이라고 한다. 정치적 안정성, 범죄율, 의료 서비스, 대기 오염, 교통 혼잡도 등 39개 항목에 걸쳐 평가한 결과다. 서울이 그렇다고 남한 전체가 다 그렇다는 말은 아니지만 아무튼 좋은 소식은 아니다.

　　1966년 내가 유학을 왔을 때만 해도 "당신 나라에도 텔레비전이 있느냐?" 따위의 질문을 받고 심한 모욕감을 느꼈다. 그러다가 기숙사 식당에서 포크(fork)와 나이프(knife)에 'Made in Korea'(대한민국 제품)라고 적혀 있는 것을 봤을 때 그 반가움과 뿌듯한 자랑스러움이야! 그러나 이제는 자동차부터 컴퓨터, 텔레비전, 냉장고에 이르기까지 첨단 전자 기술이 동원된 한국 제품들이 캐나다나 미국 백화점에 쏟아져 나오는 것을 보면 40년 동안에 이처럼 큰 발전을 했구나 흐뭇한 생각이 든다. 나라의 크기가 작아도 이렇게 큰 국력을 가진 나라는 일본, 이스라엘, 영국, 한국 등 다섯 손가락으로 꼽을 수 있을 만큼 그 수가 적지 않는가.

　　무엇이 작은 고추 대한민국을 그렇게 맵게 만들었을까? 이 원인에 대한 설(說)은 실로 수 없이 많다. 모두 들어보면 그럴듯한 주장들이다. 나는 이 중에 한가지, 즉 단일 민족이기 때문에 그렇다는 주장은 선뜻 받아들이기가 어렵다는 생각이 든다.

이런 일에 한 두 가지 요소를 원인으로 내세우는 것은 간단하게 들려서 좋긴 하지만 대단히 위험한 단세포적인 생각이다. 10가지, 20가지, 아니 30가지가 넘는 요소들이 서로 복합적으로 맞물려 상호작용을 한 것으로 보아야 한다.

그래도 가장 두드러진 원인 하나를 꼽으라고 하면 나는 우리나라의 높은 교육열을 들고 싶다. 즉, 일찍이 중국으로부터 학문을 중요시하는 공자(孔子)의 사상을 배웠고, 이 학문을 중요하게 생각하는 풍토가 1945년 해방이 되면서 우리나라가 서구 문명, 특히 과학이 발달한 미국의 영향권에 들어가면서 서양의 테크놀로지를 익힌 수 많은 인력들이 국가 발전에 필요한 인적 자원의 기반이 되었다고 본다.

미국 펜실바니아 대학교에서 종교학으로 박사학위를 받고 이화여자대학교에서 한국학을 가르치고 있는 최준식 교수에 의하면 세계 여러 종교 경전(經典) 중에 단 하나, 유교(儒敎)의 경전은 맨 첫 글자가 배울 학(學)잘 시작된다고 한다. (만일 유교를 종교로 인정할 수 있다면) 그 만큼 유교에서는 배우는 것을 첫째로 꼽는다는 것이다. 일찍이 공자는 "사람을 바꾸는 길은 교육 밖에는 없다"고 하지 않았는가.

10년, 20년의 짧은 기간에 일어나는 것을 보고 한 나라의 발전이 이렇다, 저렇다 말하는 것은 무척 경솔한 일이다. 그러나 지금 아시아 여러 나라에서 학문에 대한 열의가 상대적으로 낮은 나라, 이를테면 필리핀, 캄보디아, 월남, 태국 같은 나라의 발전이 어떤 상태에 있다는 것을 보면 이 주장도 크게 빗나간 말은 아닌 것 같다. 한편 경제 발전의 기적을 이루어 소위 "아시아의 용"으로 불리는 나라, 즉 일본, 중국, 대만, 한국 같은 나라는 모두 유교 국가라는 것이 최준식 교수의 주장이다.

　대한민국은 분명 작은 거인이다. 천연 자원 하나 변변한 것이 없는 이 메마르고 작은 나라에서 어떻게 이렇게 큰 기운을 내 뿜어 이렇게 장한 일을 이루어 낼 수 있었을까.

(2007. 2.)

무당

무당은 신(神)과 인간을 연결하는 사람으로 굿을 통해서 귀신에 치성을 드리며 좋고 나쁜 일을 점치고 예방하는 원시적 종교인이다. 영어로는 무당을 샤먼(shaman)이라 하고 이 샤먼을 중심으로 한 원시 종교를 샤머니즘(shamanism)이라 한다. "굿이나 보고 떡이나 먹자"는 말이 있듯이 굿을 할 때는 음식과 떡, 술을 풍성하게 차려 놓고 무당이 노래와 춤을 추며 나쁜 귀신을 몰아내고 복을 불러 들인다.

한국에는 아직도 무당이 많다. 결코 좋은 현상은 아니다. 어느 보고를 따르면 전국 무당의 수가 어림잡아 30, 40만이 된다고 한다. 개신교 목사가 3만 내지 4만이 된다니 무당의 수가 8배, 10배 많다는 말이다. 정치와 종료가 서로 분화되지 않고 뒤엉켜 있던 고대 사회에서는 아사달에 나라를 세운 단군도 무당이었다 한다.

놀랍게도 아직도 30만 내지 40만이나 되는 엄청난 수의 무당들이 있다는 것은 그들 뿌리가 그 만큼 깊고 튼튼하며 "장사"가 된다는 말이다. 전국적으로 굿에 쏟아 붓는 돈이 일년에 몇 조(兆)원에 이른다지 않는가! 아무리 소리보다 빠른 비행기가 태평양 위를 날고, 전자 우편이 몇 초 안에 서울과 뉴욕을 오가더라도 인간의 재앙이나 불행을 다 막지는 못하는 법. 우리의 재앙이 저 세상에 있는 귀신의 농간 때문이라니 우리가 할 수 있는 일이 뭐가 있겠나, 그저 잡귀 몰아내는 테크니션으로 알려진 무당을 부르는 수밖에 없다.

시대에 따라 어떤 때는 대접을 받고, 또 어떤 때는 여론에 차이기도 하며 5000년 긴 세월 동안 사바 세상의 슬픔과 기쁨을 보듬어 안고 있었으니 무당이야 말로 우리 풀 뿌리 백성들의 삶과 성정(性情)에 말할 수 없이 큰 영향을 미쳤지 않았겠는가. 요새 말로 하면 그들은 부분적으로나마 심리치료사/상담가요, 사회사업가, 정신과 의사, 성직자였다.

미국 펜실바니아 대학교에서 종교학을 전공하고 한국문화를 강의하는 최준식 교수에 의하면 우리나라는 무당 기질이 몸에 배었기 때문에 노래를 좋아하고, 춤 잘 추고, 감정이 극에서 극으로 치닫는 성정이 많다고 한다. 종교를 믿어도 극단에 흘러 '죽기 아니면 살기'로 열심히 믿고, 한 번 일에 손을 댔다 하면 신들린 사람처럼 밤을 세우면서 화끈하게 해치우고 마는 뜨거운 열정은 무당 기질에서 온 것이라는 게 최교수의 주장이다.

술 자리에서 술을 마시든 안 마시든 상관없이 술잔을 돌리며 폭음 하는 것, "나를 완전히 잊어 버리는" 무아경(無我境)의 황홀감, 미친 사람처럼 마시고, 노래 부르고, 춤 추며 흥을 내는 우리 기질은 굿판에서 옮겨온 것이라고 한다. 이 세상에 한국 사람들보다 노래 부르기를 더 좋아하는 사람들이 있을까!

굿판에서는 모든 사람들이 동등하다. 술 기운을 빙자해서 동료나 상관에게 평소에는 털어 놓지 못 하던 고충과 불만을 털어 놓는다. 이런 불평을 받는 동료나 상관도 술 자리에서는 무척 너그럽다. 그리고 다음날 만나서는 어제 술자리에서 있었던 일을 또 꺼내지 않는다.

오늘은 안동 민속 박물관에서 『안동의 무속인』이란 제목의 두툼한 책을 한 권 보내 왔다. 책장을 넘기니 안동에 있는 무속인 20명에 대해 그들이 어떻게 해서 무속에 발을 들여 놓게 되었는지에 대한 이야기와 그들의 '주특기' 등 이 자세히 적혀 있다. 이 조그만 도시에 등록된 무당이 20명이나 된다니! 그런데 자기의 자유의사로 무당이 되었다는 사람은 한 사람도 없었다. 모두가 소명(召命), 즉 부르심으로 '신이 들려서' 무속인이 되지 않고서는 못 배기겠다라는 것이다.

굿을 해서 불행을 쫓고 행복을 찾는 우리의 염원이 있는 한 샤먼도 우리 주위를 맴돌지 않을까 걱정된다.

(2007. 4.)

겉과 속

2006년은 월드컵의 해이다. 새해 아침부터 신문이나 방송에서 16강이니 8강이나, 코치를 갈아야 한다, 아니다를 떠들더니 드디어 6월, 결정의 시간이 왔다. 어디를 가나 축구 빼고 다른 이야기꺼리는 없는 것 같고 이대로 가다가는 나라 전체가 축구 열기로 미쳐버릴 것 같은 그런 뜨거운 바람이었다.

한국과 일본이 예선을 통과해서 동남아시아를 대표해서 소위 말하는 16강에 들어가느냐 아니냐가 결정되는 운명의 며칠 사이였다. 먼저 일본이 호주에 져서 16강 후보에서 떨어져나간 것으로 판명 났고, 한국이 스위스와 한판 승부를 앞두고 있었다. 그 때 경기는 하루 이틀 앞두고 일본 사람들이 한 말이 언론이나 방송에 소개되었다. "이제 일본은 떨어져 나가고 한국만 남았으니 한국이라도 잘 싸워서 아시아의 자존심을 세워주기를 바란다"는 요지였다. 어느 모로 보나 점잖고 여유있게 들리는 말이다. 이런 걸 두고 격(格)이 있다거나 멋이 있다고 하지 않는가.

그런데 이 말을 두고 아내와 내 의견이 달랐다. 아내의 주장은 이 말은 일본 사람들이 겉과 속이 얼마나 다른, 간교한 사람들이라는 것을 보여주는 좋은 예라는 것이다. 일본 사람들이 한국을 응원한다는 것은 그들 속마음이 아니라는 것, 한마디로 겉과 속이 다르다는 것이다.

그런데 겉과 속이 다르다는 것을 어떻게 알 수 있을까. 겉과 속이 같아야 간교하지 않다는 말인가.

속마음은 볼 수도, 만져 볼 수도, 측량할 수도 없다. 다만 우리는 겉으로 나타나는 행동을 보고 속마음이 어떻다는 것을 추측할 따름이다. 겉과 속이 다르다고 할 때는 결국 자기가 눈으로 보거나 귀로 듣는 것이 자기가 생각하고 있던 것과 서로 다르다는 말에 지나지 않는다. 아내는 일본 사람들이 한국을 응원하지 않을 것이라는 생각을 그 전부터 생각하고 있었던 것이다. 속마음의 '속'은 이쪽에서 미리 정해 놓은 속이지 겉과 속을 나란히 놓고 비교한 것은 아니다.

일본이 호주와 한 판 승부를 벌일 때 한국 사람들은 호주를 응원했다 한다. 일본이 지기를 바란 것이다. "한국이라도 잘 싸워서 아시아의 자존심을 세워 주기를 바란다"는 말과는 거리가 멀다. 가는 말이 고와야 오는 말이 곱다던데 ―.

말이 났으니 말이지 우리는 일본에 대한 강박관념이 지나친 것 같다. 뭣을 해도 일본을 이겨야 하고, 일본보다는 성적이 좋아야 한다. 군포에 있는 어느 고등학교 학생으로 세계적 피겨 스케이터 김연아라는 선수가 있다. 그가 2006년 11월 프랑스 파리에서 벌어진 피겨 스케이팅 대회에서 일등을 했는데 기자가 물었다. "라이벌 의식을 갖고 있는 선수가 있나?" 대답: "누구를 경쟁상대로 생각하는 것은 시합에 도움이 되질 않는다. 내 프로그램대로 하는 게 더 마음이 편하다." 어린 나이 치고 매우 의젓한 대답이다. 어느 특정 사람이나 팀만 이기면 된다는 생각은 편협한 생각이다.

겉과 속이 다르지 않는 말이라고 "일본이 지기를 바란다, 일본이 떨어져 나가는 것을 보면 그렇게 마음이 후련할 수 없다"고 하면 어떻게 될까.

일반적으로 정직은 바람직한 행동이지만 너무 잔인한 정직은 철없는 아이같이 성숙하지 못한 사회적 행동이다. 사회적으로 성숙한 인품이란 겉과 속을 때와 장소에 따라 적당히 노출하는 것이 아닌가.

(2006. 6.)

4부

물 보면 흐르고

성춘향의 사랑

대학교 몇 학년 때였는지, 정확하게 무슨 과목이었는지도 잘 생각이 나질 않는다. 재미로 들은 교양 과목이었지 싶다. 사랑에 대해서 '논문'을 써야 할 일이 있었는데 나는 성춘향의 사랑에 대해 썼다.

이몽룡과 성춘향의 이야기는 소설, 판소리, 영화를 통하여 수없이 읽고 들었다. 중학교 때 조미령이란 배우가 춘향이로, 이민(?)인가 하는 배우가 이몽룡으로 나오는 영화를 학교에서 단체로 가 본적이 있다. 남녀의 정에 이제 막 눈을 뜨기 시작한 사춘기, 조미령의 청순한 미모에 반해서 (미안해요, 조미령씨!) 그 영화를 보고 나서 한 일주일 동안은 자나 깨나 그녀 생각이 나서 혼이 났었다.

그런데 미스 성(成)은 요새 수준으로 봐도 그리 얌전한 여자는 못 되었던 것 같다. 우선 광한루에서 그네를 뛰다가 이도령과 눈이 맞아 그 날 밤으로 몸을 허락하고 말았지 않았는가. 그네를 제 1교시, 그러니까 아침 8시부터 뛰었을 리는 없고 오후 2시부터 뛰었다 하자. 그 날 밤 10시쯤 잠자리에 들었다 하면 8시간 만에 16년 지켜온 정조가 와르르 무너지고 만 것이다.

소설에 의하면 춘향이와 이몽룡은 16살 동갑내기다. 그러니 모든 면에서 더 성숙했을 성춘향이 주도권을 쥐고 이도령은 춘향이가 시키는 대로 따르기만 했지 싶다. 불쌍하다 이도령이여.

춘향이가 보통 여자는 아니라는 '증거'는 몇 군데서 찾아 볼 수 있다. 첫째, 어머니 월매가 딸에게 "오늘 이도령을 모셔라" 했을 때 춘향으로부터 한마디 저항의 말도 없었다는 것을 눈여겨 보라. 둘째, 첫날밤을 보내는데 왜 그 좁은 방에서 요강(尿鋼)까지 갖다 놓고 야단법석인가. 『춘향전』에 보면 "…잣 같은 원앙침 베개(모퉁이에 원앙새를 수 놓은 베개), 샛별 같은 요강을…"을 적었다. 생각해 보라. 잠을 자고 있는 남자의 머리맡에서 요강에 앉아 집무를 한다는 것은 보통 여자는 부끄러워서 엄두도 못낼 일이 아닌가. 셋째, 시집도 안 간 처녀가 남자가 시킨다 해서 옷 고름을 마구 풀어헤치는 것은 무엇을 말해 주는가.

이도령 또한 용렬하기 짝이 없는 녀석이다. 자기 출세했다는 것 한 번 보여주려고 지금 감옥에서 형틀을 쓰고 있는 자기 애인을 찾아가 온갖 능청을 떨었고, 장모한테 가서는 거지가 되었으니 밥 좀 달라고 조르지 않았던가. 이런 급박하고 처절한 상황에서 연극을 하는 사람은 그야말로 '모자라도 한참 모자라는' 사람이다.

생각해보면 성춘향과 이몽룡의 사랑은 청소년기의 철없는 불장난에 지나지 않는다. 이것을 두고 민족의 사랑, 영원한 사랑이니 하며 떠든다면 이런 민족의 사랑은 서울 뒷골목에서 얼마든지 찾아 볼 수 있다.

　여기까지가 그 때 내 '논문(?)'의 줄거리였던 것 같다. 젊은 시절이었으니 말은 지금보다 훨씬 거칠고 감정적이었지 싶다. 그러나 과목을 맡은 교수님은 '이 녀석이야 말로 우리 여성을 모독한 놈이구나'로 생각했던지 'A' 학점을 주지 않았다. 만약 그 때 내 '논문'에서 "순정을 위해서 자기 목숨까지 버릴 각오가 된 춘향이는 영원히 꺼지지 않을 구연(久戀)의 횃불"이라고 했으면 내 점수도 좀 더 후하게 나왔을지도 모른다. 그러나 아침에 만나 저녁에 잠자리를 허락한 16살 아이, 이제 막 철이 들기 시작한 소녀를 보고 구연의 횃불이라고 추키는 것은 춘향이 자신도 당황해 할 찬사가 아닐까. 나는 그 때 대학생, 이상(理想)의 세계에 살고 있을 때니 미스 성(成)같은 여자는 무척 값싼 여자로밖에 보이질 않았을 것이다.

　이군이 미스 성을 만났던 때가 조선 숙종대왕 때이니 지금부터 약 300년 전이다. 그러고 보면 춘향이의 11대 후손과 내가 같이 학교를 다녔지는 않을까.

(2006. 9.)

사랑도 벗어놓고 미움도 벗어놓고

청산은 나를 보고 / 말 없이 살라 하고
창공은 나를 보고 / 티 없이 살라 하네
사랑도 벗어 놓고 / 미움도 벗어 놓고
물처럼 바람처럼 / 살다가 가라 하네

위에 적은 것은 고려 공민왕의 스승 나옹선사가 지은 노래로 알려져 있다. 나옹선사는 경북 단양군에 있는 절 대흥사(大興寺)에 딸린 작은 암자 원통암을 짓고 거기서 수도를 하였다.

그의 제자 무학(無學)은 이성계가 조선을 세울 때 도읍을 한양(漢陽), 즉 지금의 서울로 정하는데 결정적인 역할을 한 것으로 알려진 고승이다. 그런데 우리는 과연 사랑도 벗어 놓고, 미움도, 욕심도 벗어 던질 수가 있을까? 앞뒤 집 현실을 봐도 그렇고, 나라 사이에 일어나는 일을 봐도 그렇고 그 대답은 '아니오'가 되어야 할 것 같다. 매일 서로 싸우고, 죽이고, 미워하고, 시기하는 현실에서 "하늘에는 별이 있고, 땅에는 꽃이 있고, 사람에게는 사랑이 있어서 세상은 아름답다."는 말은 그다지 실감이 나질 않는다.

다음과 같은 두 개의 가상적인 상황 A와 B를 생각해보자.

상황 A : 당신에게는 5만 불이, 주위 다른 사람들에게는 4만 불이 생긴다.

상황 B : 당신에게는 10만 불이, 주위 다른 사람들에게는 20만 불이 생긴다.

미국 하버드 대학교 어느 심리학자가 이 같은 두 상황 A와 B를 학생들과 직원들에게 동시에 제시하고 자기가 당하고 싶은 것을 골라보라고 했더니 상황 A를 택하는 사람들이 훨씬 더 많았다고 한다. 다른 사람들은 4만 불을 버는데 나는 5만 불만 벌어도, 10만 불을 벌며 20만 불 버는 남에게 뒤지는 것보다는 나으니 행복하다는 논리다.

행운이란 것도 행운의 객관적인 크기와는 별 관계가 없다. 모든 사람에게 골고루 돌아오는 행운보다는 다른 사람들에게는 오지 않고 나에게만 떨어지는 행운이 더 달콤한 것이다. 오스카 와일드(Oscar Wilde)가 한 말이 생각난다. "내가 성공하는 것만으로는 안 된다. 다른 사람들이 실패해야 한다."(It is not enough that I succeed. Others must fail.)

앞에서 말한 하버드 대학교 실험을 보면 나의 행복은 남에게 의해서 결정된다는 것을 알 수 있다. 행복은 절대적인 것이 아니라 상대적이다. 이런 이유로 물질적으로는 오늘의 가난한 사람들이 200년, 300년 전의 부자처럼 살지마는 상대적으로 남보다 못하기 때문에 자기는 가난한 사람으로 생각하는 것이다.

행복감이 이렇다면 불행감도 마찬가지가 아니겠는가. 홍수에 과수원이 물에 잠긴 사람은 같은 홍수에 집이 떠내려 간 사람이 있다는 것을 알면 불행감을 덜 느낄 것이고, 집이 떠내려 간 사람은 같은 홍수에 목숨을 잃은 사람이 있다는 것을 들으면 그의 불행감은 줄어 들 것이다.

그렇다면 내가 부도덕하거나 부끄러운 행동을 했을 때 수치심이나 죄의식을 느끼는 정도도 결국 주위사람들에 달려 있지 않을까. 이렇게 협박, 공갈, 사기, 갈취가 판치는 세상에서야 가짜 서울대학교 학생 행세를 했기로서니 그게 뭐 부끄러워 목을 맬 일인가! 그래서 우리의 착한 양심은 점점 한국의 정치하는 사람들을 닮아간다.

행운이 내게 왔을 때 나보다 더 적은 행운이 온 사람이 있다는 것을 생각하고, 불행한 일이 일어났을 때는 나보다 더 불행한 일이 일어난 사람들이 있다는 것을 잊지 말자.

그러면 우리는 큰 행복감을 느낄 때는 드물겠지만 '이렇게 비참할 바에야 당장 죽는 게 낫다' 싶을 정도의 큰 불행감도 느끼지 않을 것이다. 우리 인생길은 기복이 적은 평탄한 길이 된다.

나옹선사의 "사랑도 벗어 놓고, 미움도 벗어 놓고"라는 말은 바로 이런 바탕에서 나온 말이 아닐까.

(2007. 8.)

살구

아가야 울지 마라 / 살구꽃이 피었다.

꽃 지고 열매 열면/ 너랑 나랑 따 먹자.

(抱兒兒莫啼… 吾與爾共食)

　영조에서 철종 사이에 살았던 이양연이 지은 동요요 자장가이다. 아기가 왜 울었는지는 모른다. 가지고 싶은 물건을 못 가지게 해서 그랬을까, 아니면 잠투정으로 그랬을까. 우는 아기와 그를 달래는 할아버지의 은근한 정성. 그 옛날, 할아버지 할머니 등에 업혀 달램의 대상이 되었던 그 아기가 자라서 어느덧 자기 손주를 달래는 할아버지 할머니가 된 끝없이 되풀이 되는 인생 유전, 세월은 이렇게 허허롭게 흘러간다.

　우는 아기를 달래기 위해 어른들이 쓰는 방법은 수없이 많다. '까꿍'도 있고, 야단을 치는 것도 있고, 과자 조각을 입에 물리는 뇌물 공세도 있다. 그 중 가장 자주 쓰는 방법의 하나는 노골적인 협박 공갈일 것이다. "옥동이 우는소리 듣고 호랑이 온다" "늑대야 우리 옥동이 뚝 그칠 테니 오지 마라." "너 자꾸 울면 다리 밑에 갖다 버린다" 등의 공포 분위기를 만들어서 울음을 그치게 하는 방법이다. 또 하나는 이보다 좀 더 신사적인 방법, "우리 옥동이 착한 애기, 착한 애기 잘도 잔다. 옥동아 살구 익으면 살구 따 줄께. 우리 옥동이 살구 따준다…" 끝없는 노래방 메들리이다.

할아버지가 손자에게 일방적으로 약속한 살구는 복숭아, 오얏과 더불어[桃李杏花] 우리에게는 말할 수 없이 친근한 과일. 더구나 이 살구는 "나의 살던 고향은 꽃 피는 산골/ 복숭아꽃 살구꽃 아기 진달래…"로 시작되는 이원수 동요, 홍난파 곡의 「고향의 봄」에 나오는, 우리의 유년 시절에 대한 회억(回憶)을 불러 일으키는 정감 어린 과일이 아닌가.

살구나무는 감나무처럼 집집마다 있는 게 아니다. 온 동네를 통틀어야 살구나무가 있는 집이 한두 집 될까 말까다. 그러니 우리가 어렸을 때는 살구는 자주 볼 수 있는 과일이 아니었다. 그러나 요새는 청과 시장엘 가면 언제나 눈에 띄는 과일이다.

과일이 제 절기에만 나오고, 보관 시설이 없던 때에 유년 시절을 보낸 나 같은 사람에게는 요즘처럼 계절에 상관없이 시장에 얼굴을 내민 살구를 보면 겨울에 나비를 본 것처럼 주춤해진다. 살구는 봄, 수박과 복숭아는 여름, 사과는 가을에 나와야 '제 맛이 나는데, 시도 때도 없이 일년 사시 시장에 나와 있으니 꿈에서나 그리던 그 머나먼 고향이 이제는 비행기만 타면 3, 4시간에 가볼 수 있는 곳이 된 것과 무엇이 다르랴.

오늘은 동네 과일 가게에 갔더니 탁구공 만한 살구가 한 소쿠리 가득 담겨 있는 것을 보았다. 아직 살구철도 아닌데….

어릴 적 동네 입구에 있는 살구나무집이 어렴풋이 생각난다. 해마다 봄이면 노오란 살구를 주렁주렁 달고 있던 그 살구나무는 열길 물속에 잠겨 버렸다. 그 때 그 살구나무가 어린 나에게는 큰 고목으로 보였으니 설사 오늘까지 남아 있다 해도 나이가 많아 이제는 꽃도 열매도 맺지 못할 것이 아닌가. 그림자도 남기지 않는 60년 세월이 구름 저쪽으로 흘러갔다.

(2007. 4.)

문상(問喪)

『주자가례(朱子家禮)』란 책은 결혼, 장례식 등에 관한 주자의 학설을 명나라 구준(丘濬)이라는 사람이 수집해서 편찬한 책이다. 우리나라에서는 조선 중기 예학과 성리학의 거두 사계(沙溪) 김장생이 대성시킨, 이를테면 봉건시대의 가정의례 백과사전인 셈이다.

밀레니엄으로 들어선 오늘, 수백 년 묵은 주자가례를 왜 꺼내느냐고 나무랄 수 있다. 그러나 한국이나 해외 교민들의 장례문상을 가 보면 주자가례는 그 겉모양(外形)만 달라졌지 골자는 그대로 있지 않나 하는 의심이 든다. 오는 문상객마다 한결같이 아래위 검정 신사복에 검정 넥타이를 매지 않는가.

우리와는 달리 북미대륙 사람들은 문상하러 오는 사람들은 물론, 상주되는 사람 자신도 검정 신사복이나 검정 넥타이보다는 평상시에 입는 옷에 보통 넥타이를 매고 있는 경우가 많다. 한국 기준으로 보면 조금도 상주 같은 차림새가 아니다.

왜 그럴까? 내 생각에는 지난 날 우리의 전통적 관혼상제에서 예외 없이 엄격하게 다루어졌던 상제(喪祭) 관습의 찌꺼기가 남아서 그런 것 같다. 장례를 어떻게 치르느냐는 곧 그 집의 재력과 위세, 격(格)과 교제의 범위를 말해주는 척도였다. 만약 이 상제 규범에서 벗어나는 날이면 사회적 모욕과 비난이 봇물처럼 쏟아지는 것이다.

그러므로 죽은 사람을 땅에 묻기까지와, 묻고 나서 일정 기간은 말할 수 없이 까다로운 의식과 절차가 따랐다. 예로, 조선 중기에 일어난 일로 임금이 죽었을 때 주위 사람들이 상복(喪服)을 얼마나 오래 입어야 하느냐 하는 '문제 아닌 문제'를 두고 집권당이 바뀌는 정쟁으로 번졌고, 그 일로 죽임을 당한 사람들도 많았다.

과거 우리의 상복은 오늘처럼 검은 색깔의 옷이 아니라 삼베로 되어 있었다. 삼베라면 여름에 입는 것이 보통이지만 우리나라 상주는 여름이건 겨울이건 엉성한 삼베옷으로 지내야 했다. 또 1년, 즉 소상이 지나가기까지는 어떤 일이 있어도 세탁을 해서는 안 되는 것이 관례였다. 상주는 죄인이기 때문이다. 자식으로 부모를 죽게 한 것은 엄청난 죄를 저지른 것으로 본 것이다.

조선 때는 임금이 죽으면 그 죽은 임금의 병 치료를 맡았던 의원, 즉 주치의를 '네가 치료를 잘못해서 임금님이 돌아가셨다'는 의미로 귀양을 보내는 것이 상례였다. 숨이라도 몇 번 더 쉬고 이 세상을 떠난 것은 의원 덕분이니 상을 줘도 시원치 않을 텐데 귀양을 보내다니 실로 어처구니 없는 일이다.

상례를 지내는 것이 그 집 가세와 격을 말해주는 지표가 된다고 생각해서 그런가, 오늘날 교민 사회에서도 신문 부고(訃告)란이 점점 우람차고 커지는 것 같다. 많은 문상객들이 다녀갔음을 보여주려는 노력인가 보다.

우리는 흔히 공자 때문에 나라가 망했다고 한다. 그렇게도 생각해 볼 수 있는 말이다. 집안 살림이 기울 정도로 제사에 온 힘과 정열을 쏟았지 않는가. 그러나 흉보면서 닮는다고 공자를 욕하면서도 공자 말씀은 따르는 면이 없지 않는 것 같다.

교포사회에서는 사람이 죽으면 대부분 기독교식 장례절차를 따른다. 그런데 어느 집 초상이고 가보면 못마땅한 점이 한 가지 눈에 띈다. 즉 장례식 집전을 맡은 주례의 말이 너무 많다는 것이다. 하늘이 내려앉은 듯한 슬픔 속에서 시신을 앞에 두고 무슨 말이 그렇게도 많을까. 슬픔의 감정이 지극할 때는 말과 글이 필요 없는 것인데….

오늘 저녁에도 문상을 가야 할 데가 한 군데 있다. 아래 위 검정 신사복을 내놓고 검정 넥타이도 찾아 놨다. 자주 맬 일도 없는 검정 넥타이는 2개나 굴러다닌다.

"다음부터는 무슨 일이 있어도 검정 넥타이는 집어치우고 말겠다"고 수십 번 넘게 별렀으나 한 번도 실행에 옮기지는 못했다. 나도 역시 관습의 희생물이기 때문이다.

(2006. 11.)

사교춤

정민 교수가 쓴 『한시 미학 산책』에 나오는 조선 후기 큰 문
장가 연암 박지원의 글에 마을 꼬마에게 천자문을 가르치는 이
야기다. 꼬마가 게으름을 부리자 선생이 아이를 야단친다. 그러
자 꼬마가 대꾸하는 말, "하늘을 보면 푸르기만 한데 내가 배우
는 하늘 천(天)자는 검다고만 하니 읽기 싫어요!" 참 기막힌 대
꾸다. 천자문의 처음 4글자가 천지현황(天地玄黃: 하늘은 검고 땅은
누르다)인데 꼬마의 감각 기관을 통해 들어오는 (푸른)하늘과 책
에서 말하는 (검은)하늘이 서로 다르니 책을 읽을 마음이 싹 가
신다는 말이다. 어려서부터 이 정도로 자기 주장이 뚜렷한 아
이는 기러기 엄마, 기러기 아빠를 따라 개인의 독자적 생각이
한국보다는 더 너그럽게 받아들여지는 캐나다나 미국으로 와서
학교를 다녔으면 공부에 싫증을 덜 느끼는 학생이 될 수 있었
지 않을까 하는 생각이 든다.

연암 박지원에 의하면 까마귀의 검은 색도 햇빛이 반사되는

각도에 따라 파란색으로도 보이고, 검붉은 색, 은색으로도 보인다. 그러니 시(詩)를 쓰는 사람은 까마귀를 푸른 까마귀로, 검붉은 까마귀, 은색 까마귀, 혹은 그 외에 자기 마음에 떠오르는 아무 색깔의 까마귀로 볼 수 있는 직관적인 '열린 마음'을 가질 수 있어야 한다는 말이다.

그림에서도 그렇다. 우리가 좋아하는 인상파 화풍에서는 사물의 색깔과 모양이 고정되어 있는 것이 아니고 햇빛의 반사와 주위 사물에 따라 순간 순간 그 모습이 다르게 나타난다고 보지 않는가. 시인이 까마귀가 푸른 까마귀, 혹은 은색 까마귀라는 것과 마찬가지다.

하루는 H씨와 우리가 사는 콘도미니엄 뒤 수목원 산책길을 걷다가 매 한 마리가 다람쥐를 잡으려고 하고 다람쥐는 죽을 힘을 다해서 숲 속으로 도망가는 광경을 보았다. 순간적으로 H씨와 나는 소리 소리 지르며 그 매를 쫓아 버리고 그 사이에 다람쥐 녀석은 숲 속으로 달아났다. H씨와 나는 "오늘 참 좋은 일을 했구나" 하고 흐뭇해 했다. 그런데 그 '좋은 일'이란 것도 어디까지나 보는 입장에 달린 것, 다람쥐 편에서 보면 우리는 생명의 은인이지만 매 편에서 보면 '남의 점심 식사를 방해하는 몹쓸 늙은이들'에 지나지 않는다.

우리가 '진리'니 '정의'니 하는 것도 고정된 게 아닐 때가 많다. 많은 경우, 바라보는 입장에 따라 진리와 진리 아닌 것, 정의와 불의가 서로 자리 바꿈을 해야 할 경우가 많다는 말이다. 이것을 알면 내가 옳으니 네가 틀렸느니 하는 말다툼도 시간 낭비일 때가 많다.

연암의 동네 꼬마에게 천자문을 가르치는 일화는 우리에게 중요한 교훈을 던져준다. 어린이들에게 무엇을 가르칠 때는 그 가르치는 내용이 어린이의 경험과 맞아 들어가면 더 큰 학습효과를 얻을 수 있다는 말이다. 예로 아무리 정직과 효도를 강조해도 그것들이 그 어린이의 성숙도나 경험과 맞지 않을 때는 별 효과가 없는 것이다.

몇 주 전부터 H씨네와 운동 삼아 매주 목요일 저녁이면 사교춤을 배우러 간다. 본래 운동 신경이 무척 무딘 나는 따라가기에 말 할 수 없는 어려움을 겪고 있다. 선생님은 이렇게 쉬운 것을 왜 못하느냐는 표정으로 나를 본다. 첫 시간부터 학습장애자로 찍혀 이제는 배우고 싶은 의욕도, 재미도, 자신감도 모두 줄어들었다. 물론 모두 내 탓이다.

그러나 나도 천자문을 배우는 동네 꼬마처럼 선생님께 할 말은 있다.

"사교춤이 쉽고 재미 있다고 했는데 말할 수 없이 어렵고 재미도 없어요."

(2007. 3.)

신라의 달밤

아! 신라의 밤이여/ 불국사의 종소리
들리어 온다/ 지나가는 나그네야/ 걸음을 멈추어라
고요한 달빛 어린/ 금오산 기슭 위에서
노래를 불러보자/ 신라의 밤 노래를

조명암 작사, 박시춘 작곡의 유명한 「신라의 달밤」이라는 흘러간 대중가요다. 조명암은 누구인가? 조명암의 본 이름은 조영출. 충남 아산에서 태어나서 일본 와세다 대학교에서 불문학을 전공했으며 1948년 여름에 월북하여 북한에서 교육문화 부수상도 지냈다.

남한에 있을 때는 일찍이 대중가요에 손을 대어 「알뜰한 당신」, 「진주라 천리길」, 「꼬집힌 풀 사람」, 「울며 헤어진 부산항」, 「낙화유수」, 「아주까리 등불」, 「화류춘몽」, 「바다의 고향 시」, 「코스모스 탄식」, 「잘 있거라 단발령」 등 수많은, 당시 인기가 하늘에 닿고, 요즈음도 노래방에 가면 가끔 문 틈으로 새 나오는 대중가요의 노랫말들을 썼다. 내 생각으로는 일본 호세이 대학교를 졸업하고 나중에 서울대학교 영문학 교수가 된 시인 이하윤, 평안북도 오산학교에서 김소월의 스승이었던 시인 김억, 조명암, 이 셋은 문학적 배경이 높은 사람들로 당시 대중가요계의 '귀족'이었다고 생각한다.

그런데 1948년 북으로 간 조명암이 예능 방면에서 탁월한 재능을 발휘하여 북한에서 가장 널리 애창된 걸작 중의 걸작 「조국 보위의 노래」를 만든 것 등으로 국민 훈장까지 받고 김일성의 주체 사상을 다지는 일에 열성을 보였다. 이 때문에 남쪽에서 대부분의 월북 문인들이 해금된 마당에서도 그는 제외되었다고 한다.

그가 작사를 한 『신라의 달밤』 운명 또한 예사롭지 않다. 본래는 『신라의 달밤』이 아니라 『인도의 달밤』이란 제목의 시(詩)였는데 남쪽에서 『신라의 달밤』으로 제목을 바꾸어버렸다는 것이다. 작사자도 조명암이 아닌 유호로 되었다. 우선 '인도의 달밤'을 적어 보자.

아! 인도의 달이여/ 마드라스 교회의
종소리 울리다/ 지나가는 나그네야/
걸음을 멈추어라/ 달빛 어린 수평선/
흘러가는 파도에/ 마음을 실어보자/
방황의 이 설움

　　서울대학교 국문학과 교수로 시(詩) 비평을 전공한 김용직 교수가 펴낸 800쪽이 넘는 책 『한국 현대 경향시의 형성/ 전개』에는 「신라의 달밤」과 관련해서 다음과 같은 구절이 나온다.

　　일제 치하에서 조영춘이 만든 대중가요의 노래말에는 「낙화유수」, 「낙화삼천」, 「진주라 천리길」, 「코스모스 탄식」과 함께 「신라의 달밤」이 있었다. 이 가운데 「신라의 달밤」은 본래 그 제목이 「인도의 달밤」이었다. 그러나 그가 월북하자 남쪽에서 의도적으로 그 가사의 일부와 제목을 바꾸었다는 것이 조영출의 주장이다.

　　월북한 작가가 지은 노래라고 해서 노래 제목이고, 가사고, 곡(曲)이고 모든 것을 금지하는 것보다는 노래의 곡조는 부를 수 있도록 허용했으니 어떻게 생각하면 불행 중 다행이 아닌가. 이 노래를 부른 불멸의 가수 현인, 이 노래의 작곡자 박시춘도 저 세상 사람이 된 지가 10년 가까워 오니 이 노래의 작사자 조명암도 저 세상 사람이 되었을 가망이 크다(만약 살아 있으면 올해 94살이 된다).

　　불국사, 금오산이 있는 신라 천년 옛 도읍 경주에 가서 이틀 밤을 자며 그 유명한 경주 남산에 오른 적이 있다. 어느 시인의 말처럼 남산에는 바위들도 흔들어 깨우면 모두 부처가 되는가, 천년불심(千年佛心)의 자비가 골짜기마다 그윽하다.

　　고등학교 때 졸업여행을 하면 으레 경주를 떠 올리던 것도 이제는 옛말. 얼마 전에 신문을 보니 이제는 졸업여행 때 경주로 가는 것은 학생들 사이에 인기가 너무 없어서 여관들이 텅 텅 비어 있다는 것이다. 어렸을 때 엄마 아빠를 따라 이미 한두 번 가본 경주가 무슨 매력이 있겠는가.

천년 고도에 구경꾼마저 쓸쓸해진 경주. 「신라의 달밤」을 불러야 할 때는 바로 이런 때가 아닐까.

(2007. 4.)

선연동(嬋娟洞)

모란봉 아래쪽 선연동(嬋娟洞)을 찾아가니
골짝에 향을 묻어 풀빛이 절로 봄일세
만약에 신선술(術)을 빌릴 수만 있다면
그때에 손꼽던 이 불러일으키련만
(牧丹峯下 嬋娟洞 … 喚起當年第一人)

위의 시는 조선 선조 때 시인 손곡(蓀谷) 이달(李達)이 지은 칠언절구를 정민 교수가 우리말로 풀이한 것이다. 이달(李達)은 삼당시인의 한 사람으로 꼽혔으나 그의 출생신분이 반듯하지 못하다 하여 세상은 그의 출세에 고개를 저었다. 여류시인 허난설헌과 「홍길동전」을 쓴 허균 남매는 그의 시(詩) 제자들이었다. 허균이 품었던 인간 평등사상은 능력은 있으나 타고난 출신성분 때문에 출세를 하지 못하고 불만에 차 일생을 보낸 이달의 처지를 지켜보면서 싹이 트기 시작했다 한다.

선연동은 평양성 북쪽 칠성문 밖에 있는 기생들의 공동묘지다. 이조의 풍류객, 시인, 묵객, 관리, 한량, 건달 등 뭇 사내들의 간장을 태웠다 녹였다 하며 내로라 하던 기생들은 죽어서 모두 선연동에 묻혀있다. 그러니 사내대장부로 태어나서 어찌 선연동을 찾아 한 가닥 시흥(詩興)을 지펴보고 싶지 않겠는가. 선연동에 관한 시를 남긴 사람은 이달 말고도 석주(石洲) 권필, 아정(雅亭) 이덕무 등 여럿이 있다.

선조 때 문사요 천하의 풍류객으로 백호(白湖) 임제라는 사람이 있었다. 그가 평양감사로 발령이 나서 부임(赴任 : 임명을 받아 배치된 곳으로 가서 닿음)하는 길에 개성에 있는 황진이의 무덤에 들러 "청초 우거진 골에 자는가 누웠는가/ 홍안은 어디 두고 백골만 묻혔는가/ 잔 잡고 권할 이 없으니 그를 설어 하노라" 하는 시조를 읊으며 잔을 올린 적이 있다. 이를 들은 조정에서는 양반 관리가 부임길에 미천한 기녀의 무덤을 찾아가 참배를 했다고 해서 임백호를 감사 자리에서 해임시킬 것을 주장해서 결국 그는 파직되고 말았다.

풍류를 모르는 조정의 벼슬아치들! 일개 기녀의 신분에 지나지 않지만 그녀는 바위같이 무겁고 엄숙한 도학자라 해도 일시에 마음의 무장해제를 할 수 있고, 얼음같이 차고 벼슬자리 높다고 으스대는 관리라 해도 군불 지펴 논 듯 그의 가슴속을 훈훈하게 데울 수 있는 천하의 황진이가 아닌가. 그 황진이의 무덤에 술 따르고 절 한번 했다고 사나이로서 장하다 금일봉을 내리지는 못할지언정 파직이라니! 내가 만일 임금이었다면 황진이의 무덤을 지나면서 시(詩) 한 수 남기지 못하는 관리는 아무리 과거(科擧) 성적이 우수했다 하더라도 내렸던 벼슬도 거둬들이고 말았을 것이다. 이런 정서적으로 변비증이 심한 사람이 어찌 좋은 관리가 될 수 있겠는가.

선연동으로 돌아가자. 선연동에 누워있는 얼마나 많은 주검들이 덧없는 인생의 꿈을, 사랑의 허깨비를 쫓다가 저리로 갔을까. 그야말로 화류춘몽(花柳春夢)에 지나지 않는 세월을—.

지금은 남과 북이 엇갈려 마음대로 오고 가지 못하니 선연동이 그대로 있는지, 아니면 공업단지로 지정되어 불도저의 칼톱이 할퀴고 갔는지 알 길이 없다. 신선 술의 힘을 빌려 그 때 가장 잘 났던 기녀를 다시 불러 일깨우고 싶다던 손곡도 자기 할아버지 할머니 옆에 묻힌 지 5년 모자라는 400년 세월이 흘렀다.

(2007. 1.)

보리밭

나는 '전문가'의 말이라고 다 믿지는 않는 좋은(?) 버릇이 있
다. 전문가의 말도 들어보면 그들이 쓰는 용어만 다른 뿐이지
우리가 보는 시각과 별 차이가 없는 경우가 많고 사건의 결과
에 대한 예언도 문외한과 별 차이가 없을 때가 많다는 말이다.

박화목이 노랫말을 쓰고 윤용하가 작곡한 「보리밭」이라는
노래가 있다. 이 노래는 작곡자 윤용하가 1952년 6·25 부산 피
난 시절 거의 매일 만나서 술을 마시던 그의 절친한 친구 박화
목에게 가사를 부탁해서 작곡한 것이라 한다.

그런데 이 노래가 불려지기 시작한 것은 발표 후 20년이 넘
은 1970 중반부터인 것으로 안다. 그것도 예술가곡을 부르는 성
악가들이 먼저 부른 것이 아니라 당시 대중가요를 부르던 가수
문정선이란 사람이 제일 먼저 불렀고 뒤이어 한국을 방문한 이
탈리아 성악가들이 유연한 목소리의 우리말로 「보리밭」을 불
러 청중의 갈채를 받았다. 그 다음날로 예술 가곡을 부르는 가

수들은 물론, 일반 사람들도 부르기 시작했다 한다.

그러면 작곡된 지 20년이 넘도록 예술 가곡을 부르는 음악가들은 무엇을 하고 있었는가. 엄연히 활자로 나와 있는 이 아름다운 노래를 왜 부르지 않았을까.

나는 여기에 대한 시원한 답을 아직까지 들어보질 못했다. 대답하기에 너무 하찮은, 주변적인 질문인가? 음악사를 보면 윤용하의 경우와 비슷한 예가 한두 번이 아니라고 하는 것만으로는 좋은 설명이 못 된다. 그래서 나는 나대로 생각을 했다.

"당시 세상에 술주정뱅이로 알려진 윤용하가 작곡한 노래가 오죽하겠나 싶어 아예 거들떠보지도 않아서 그렇게 되었나보다." 아니면 "예술에는 '아는 데까지 본다'는 말이 있는데 보는 눈이 없어서 이 아름다운 멜로디를 듣고도 지나쳐버렸는가…"

내가 한국에 있을 때였다. 비엔나에 있는 어느 거리의 악사들이 거짓으로 자기들은 비엔나에서 활동하는 실내악단이라고 하여 서울에 와서 예술의 전당에서 공연을 한 적이 있다. 이들의 공연 후 어느 음악 평론가는 일간신문에 이들의 공연을 두고 "비엔나 음악의 진수를 들었다"고 평했다. 그런데 이들은 대구, 부산 등 대도시를 순회공연까지 하다가 비엔나 거리의 악사에 불과하다는 사실이 들통이 났다. 아마 이 불행한 음악 평론가는 이들 연주에 가보질 않았는데 주최측이 자꾸 부탁을 해대니 들어 보지도 않은 연주에 대한 평을 써줬지 않았을까 생각했다.

아무튼 대중가요 가수 문정선씨와 이탈리아 가수들이 아니었으면 이 아름다운 노래는 아직까지 무대에 한 번 서볼 날을 기다리고 있었을지 모른다.

　전문가라 불리는 사람들이 보는 눈도 그다지 정확하지 못한 경우가 많은 것은 비단 음악뿐이 아니다. 네델란드가 낳은 화가 반 고흐(v. Gogh)도 그가 살았을 때는 그의 천재성을 알아주는 사람은 화상이었던 그의 동생 티오를 빼고는 별로 없었다지 않는가. 고흐의 천재성이 인정된 것은 그가 죽고 오랜 세월이 흐르고 나서다. 사람들이 좋아하는 그림 기준이랄까 화풍(畵風)이 달라져서 그런 것일까.

　한국을 떠나 캐나다로 돌아올 때 이영재, 이용수 부자가 펴낸『추사진묵(秋史眞墨)』이라는 새로 나온 책을 한 권 샀다. 이 책에서는 많은 추사 작품으로 알려진 글씨, 그 중에는 추사의 대표작이라고 떠들던 작품마저 추사의 진품이 아니고 위작(僞作: 다른 사람이 그 작자가 만든 것처럼 본떠서 비슷하게 만든 작품)이라는 것이다. 어떤 것은 본문을 보고, 또 어떤 것은 협서(夾書: 서예작품 같은데서 본문 옆에 작은 글씨로 쓴 글씨)를 보고 전문가들끼리 내가 옳으니 네가 틀렸느니를 고집하니 누구 말이 옳은지 어안이 벙벙하다.

　가장 위험한 전문가는 인생에 대해서 이렇고 저렇고 주제 넘게 진단을 내리는 사람들이다. 불행하게도 나는 이런 분야에서 30년이 넘도록 있었다. 이제 은퇴를 했으니 그 전문가 소리를 안 들어도 된다.

　오늘도 아스팔트로 포장된 산책길을 한 시간 넘게 걸어 다녔다. 흥이 나서 「보리밭」도 흥얼거리며. 역시 아름다운 노래다.

(2006. 8.)

만나면 헤어진다

우리 일생에서 가장 큰 슬픔은 무엇일까? 그것은 아마도 사랑하는 사람이나 배우자를 잃어버릴 때일 것이다. 『명심보감』 구절의 회자정리(會者定離: 만나면 반드시 헤어진다)의 이치다. 그런데 배우자를 잃는데도 남녀간에 차이가 있는 것 같다. 남편을 잃은 아내들은 야멸찬 데가 있어서 얼마 동안 시름시름 하다가는 다시 정신을 수습한다. 그러나 아내를 잃은 남편은 영영 그 슬픔에서 헤어나지 못하고 '폐인'이 되는 경우가 많다.

배우자를 잃고 그 애달픈 심정을 시(詩)나 산문으로 남겨 둔 사람들이 있다. 지정무문(至情無文), 이 슬픔 속에 무슨 붓을 들 마음의 여유가 있었을까마는 그 황망한 중에도 애절한 심사를 적어 둔 사람들이 있다.

그 중에 가장 널리 알려진 것은 어느 대학 교양 국어 교과서에 실린 추사(秋史) 김정희의 시다.

월하노인 통하여 저승에 하소연해
다음 세상에는 우리 부부 바뀌어 태어나서
나 죽고 그대 살아 천리 밖에서
이 슬픔 그대도 알게 했으면
(聊將月老訴冥府 … 使君知有此心悲)

바다 밖 멀리 제주도에서 외로운 귀양생활을 하던 늙고 병든 추사에게 어느 날 그의 아내가 죽었다는 청천벽락 슬픈 소식이 날아들었다. 그러나 평생 동안 슬픔과 기쁨을 같이 나누며 살던 아내의 죽음 앞에 통곡 한 번 할 수 없었던 참담한 처지. 위에서 월하노인은 중매를 맡은 신이다. 이 중매쟁이에게 부탁해서 남편─아내가 서로 자리바꿈을 해서 태어나면 나의 이 말로 다 표현할 수 없는 슬픔을 아내도 알 수 있지 않을까.
두 번째는 조선 선조 때 이계라는 선비가 쓴 「아내의 죽음을 슬퍼하며」라는 시. 손종섭님이 옮긴 것이다.

신혼 때 장만한 옷 태반이 새 옷이라
옷상자 챙기자니 마음 더욱 아프구나
생전에 아끼던 것 다 갖추어 보내나니
함께 빈 산에 맡겨 티끌 되게 함이어라!
(嫁日衣裳半是新 … 一任空山化作塵)

아내는 그처럼 가기 싫어하던 저승길로 훌쩍 떠나고 말았다. 장례 날이 와서 아내의 옷 상자를 열어보니 신혼 때 해온 옷이 그대로 있네. 그 옷 아끼다가 다 입어 보지도 못하고 간 박복한 사람아! 이제는 저 세상 사람이 된 젊은 아내의 옷과 쓰던 물품들을 모두 관 속에 넣어 보낸다. 그녀 생각에 이처럼 미칠 것 같을 바에야 차라리 이 기회에 그녀와 다정했던 기억들도 모두 쓸어가 버렸으면.

　마지막은 조선 중기 『홍길동전』을 쓴 허균과 허난설헌 남매에게 시(詩)를 가르치던 이달(李達)의 슬픔. 정민 교수의 옮김이다.

　　휘장 향내 스러지고 거울 먼지 쌓였구나
　　닫아 건 문안엔 복사꽃만 적막해라
　　누각에는 그때처럼 달 떠 있건만
　　발을 걷고 같이 볼 사람이 없네
　　(羅幃香盡鏡生塵 … 不知誰是捲簾人)

　아내가 쓰던 방을 열어보니 텅 비어 있다. 주인 없는 거울엔 먼지만 자욱이 쌓여있고 휘장에는 향내마저 스러진 지 오래구나. 아, 빈 방이 어이 이다지도 적막한가. 왈칵 울음이 터져 나올 것 같은 그리움—. 금방 어디서 아내가 "여보" 하며 웃으며 나올 것 같다. 오늘 밤에는 복숭아꽃도 흐드러지게 피고 달도 유난히 크다. 그러나 어허 아내는 저 달 따라 가버리고 말았는걸.

　추사, 이계, 이달 모두가 애정 표현을 억제하고 겉으로는 한없이 무심해 보이는 조선 시대의 남정들. 그러나 이들도 속으

로는 뼛속을 후벼내는 아픔, 글로나 말로는 표현할 수 없는 그
리움과 회한(悔恨) 속에 몸부림 쳤을 것이다.

　사랑하는 사람을 잃는 이들에게는 이제 앞으로 정말 견디어
내기 어려운 시련이 하나 있다. 그것은 다름 아닌 뼈를 저미는
듯한 외로움이다.

(2007. 4.)

노래 잘하는 사람 좀 소개해 주세요

몇 달 전에 K박사 댁에 놀러 갔다. K박사는 아내와 중학교 동기동창, 한국에서 어느 유명한 교향악단 지휘자 집안에서 태어나 고등학교를 졸업하고 비행기 타기가 하늘에 별 따기보다도 더 어렵던 시절에 유학을 가서 박사학위를 받은 복 많은 사람이다. 그의 남편은 대학에서 심리학을 가르치고 있는 양반이니 우리 부부와 만나면 이야기가 많다.

이런 저런 얘기 끝에 K박사의 말이 노래 잘하는 사람이 있으면 같이 노래를 부르고 싶으니 소개해 달란다. 그런데 나는 그를 볼 때마다 "왜 서양 노래만 하느냐? 우리 노래를 좀 더 많이 들려 줄 수 없느냐. 한국 사람으로 김치나 고추장을 먹고 싶다는 데 왜 자꾸 스테이크를 갖다 주느냐?"는 투의 시비성 요청을 했다. 그러나 이번에는 그냥 노래 잘하는 사람 좀 소개해 달라니 이 말을 부탁으로 듣고 내 주위로 가깝게 지내는 사람을 훑어 보았다. K박사의 입맛에 맞는 사람은 생각나지 않았다.

음악을 전공한 사람들에게 우리 가곡을 잘 부르지 않는 이유를 물어보면 우리 가곡으로는 성악가의 실력을 마음껏 발휘하지 못하기가 쉽고, 우리 가곡은 생각보다는 부르기가 어렵다는 것이 가장 많이 들어보는 대답이다.

나는 둘 다 그리 좋은 대답이 되지 못한다고 생각한다. 한용희 선생을 따르면 우리나라 현대 음악은 1885년 서양 전도사들이 찬송가를 퍼뜨린 데서 시작되었다 한다. 그 때부터 오늘까지 120년 세월을 지나며 아직도 자기 실력을 충분히 발휘하지 못한다는 이유로, 또 부르기 어렵다는 이유로 우리 것을 제쳐두고 남의 노래만 열심히 부른다는 것은 잘 이해가 가지 않는다. 아직도 우리 음악은 서양음악의 종살이에서 벗어나지 못하고 있고, 벗어나려는 의욕도 없다고 하면 지나친 말일까.

한국에 있는 어느 원로 작곡가의 말이 지금 한국에서 한국 가곡을 가르치고 있는 대학은 전국에 2개밖에 없다고 한다. 나는 7년이 가깝도록 한국에 있으면서 가을만 되면 한국 가곡을 부르는 음악회가 없나 찾아 보았다. 아무리 뒤져 봐도 한국 가곡을 부르는 음악회는 1년에 한두 번밖에 지나지 않은 것을 보면 앞서 말한 원로 작곡가의 말이 틀린 말은 아닌 것 같다.

우리 가곡이 어렵기 때문에 잘 부르지 않는다는 것은 공부하는 사람이 지녀야 할 좋은 자세가 아니라고 본다. 어려울수록 갈고 닦아야 하는 것이 예술가의 올바른 자세가 아니겠는가.

부르기가 쉽건 어렵건 간에 성악가의 노래가 기교보다는 그 노래 마디마디에 스며든 영혼을 찾는 고뇌일 때 우리는 더욱 큰 감명을 받는 것이다. 물론 위대한 작품이 큰 성악가를 통해서 소화될 때는 우리 음악이건 서양 음악이건 주는 감명에 있어서는 차이가 없겠지마는.

음악에 대한 이해도 없는 사람이 무슨 말이 이렇게 많으냐고 나무랄 것이다. 그러나 나는 관객이나 청중, 혹은 소비자 없는 공연예술[Performing arts]은 없다고 생각한다. TV제작의 전문가가 아니더라도 자기 마음에 드는 TV에 대해서 전문적인 분야를 빼고는 얼마든지 말할 수 있지 않는가!

공연 예술에서 소비자가 중요하다고 해서 예술이 무엇인가가 전적으로 소비자에 의해서만 규정되어서는 안 된다. 예술가는 대중들이 차원 높은 예술의 경지를 향유(享有)하도록 계몽, 인도할 의무가 있기 때문이다.

나도 무대에 서서 노래를 부르고 싶은 생각이 간절하다. K박사한테 나도 합창단원으로 꾸며 입고 뒤에 서서 입만 뻥긋뻥긋, 소리는 안 내니까 화음은 절대 방해하지 않으니 좀 단원에 가입시켜 달라고 아내의 힘을 빌어 애원해 보고 싶은 생각도 들었다. 그러나 '나도 프라이드가 있는 놈'이라는 생각에 걸려 차마 그 말이 떨어지지는 않는다.

(2006. 12.)

5부

옛날은 가고 없어도

악극(樂劇)

나는 소위 클래식 음악이라 불리는 심포니나 오페라 류(類)의 서양음악에 대한 흥미가 별로 없다. 그러니 그에 대한 이해도 물론 수준 이하이다.

그러다 보니 남는 것은 신토불이(身土不二) 우리 음악뿐이다. 우리 음악 중에서도 대중가요, 대중가요 중에서도 해방 전 여명기부터 자유당 정권 말기 사이에 나와서 인기를 끌었던 「비 내리는 고모령」, 「굳세어라 금순아」, 「낙화유수」, 「물방아 도는 내력」 따위의 뽕짝 밖에는 좋아하는 것이 별로 없다. 가까운 친구들은 매우 저속한 취미를 가졌다고 비아냥거리나 시골뜨기로 태어나서 좋아하는 노래 몇 곡이라도 있다는 게 대견하지 않는가.

아이들이 중학교에 다닐 때였지 싶다. 우리 집에서 40분 거리에 셰익스피어 연극으로 이름이 난 인구 3,4만 명이 될까 하는 Stratford라는 도시가 있다. 이 도시에서 여름이면 셰익스피어 연극을 하는데 자동차로 며칠이 걸리는 먼 거리에서도 그 연극을 보러 온다. 그런데 우리는 불과 40분 거리에서 10년 넘게 살면서 그 연극 한 번 보질 않았으니 어찌 문화인이라 하겠는가!

그래서 하루는 온 식구가 문화가족이 되는데 의견을 모았다. 장모님, 우리 부부, 두 아이들 이렇게 모두 표 5장을 샀다. 그리고 연극을 보고 돌아오는 길에는 식당에 가서 고가(高價)의 저녁을 먹기로 했다. 그림 같은 문화인의 생활!

드디어 기다리던 공연 날이 왔다. Stratford 극장에 가서 가장 엄숙한 표정으로 자리를 찾아 앉았다. 그런데 나는 연극이 시작된 지 채 10분이 안되어 졸음이 와서 도저히 견딜 수가 없었다. 꾸벅꾸벅 졸다가 눈을 떠 보면 무대 장면은 그대로다. 조금 전에 나왔던 배우들이 말만 주고 받는 연극.

나는 고등학교와 대학교 때 세익스피어 극본을 우리말로 번역된 것을 읽었기에 그 내용은 잘 알고 있었다. 그러나 나 같은 행복한 돼지에게 연극이란 죽이고 살리는, 다시 말하면 치고 박는 장면이 있어야 재미가 있는 법, 그런데 지금 내가 보고 있는 연극은 무대 변화라고는 조금도 없는 심리분석 따위의 지루하기 짝이 없는, 생각하는 연극이 아닌가. 90분이나 되는 시간을 자다 깨다 하품이다. '저럴 것을 왜 비싼 돈 주고 들어왔나?' 하는 생각이 들 정도의 보기에 민망한 행동이었다.

장모님은 정말 흥 볼만 했다. 장모님은 1924년생. 연극 대사의 이해도 이 사위보다 못하니 공연 내내 대 여섯번 눈을 떠서 주위를 빙 돌아보시다가는 다시 스르르 아득한 꿈의 세계로 빠져드는 즐거움.

무정한 세월은 흘러 드디어 연극은 끝났다. 이제 저녁을 먹으러 가는 순서다. 그런데 뜻밖에 두 아들 녀석들이 서로 약속이나 한 듯 식당에 가기를 거부하는 게 아닌가. 화가 나도 몹시 난 모양이다. 녀석들의 불만 이유는 간단했다. 소위 애비라는 사람은 연극이 시작된 지 10분이 채 안되어 꾸벅꾸벅 졸거나 하품만 하는 데다가, 할머니는 코까지 골아가며 꿈나라를 헤매이고 계시니 주위 사람들 보기에 이게 무슨 창피냐는 것이다. 이래서 오랜만에 가문의 명예를 걸고 계획된 문화생활은 수준 낮은 두 관람객 때문에 산산조각이 나고 내내 장례식 분위기로 집에 돌아왔다.

그러나 한국을 나가 있던 6년 반 동안은 해마다 음력 설이면 세 방송사가 기획하는 악극은 한 번도 빠지지 않고 다 가 보았다. 내가 오페라보다 악극이나 뽕짝 따위를 더 좋아한다는 소문이 나자 하루는 학생 하나가 "선생님은 왜 그런 음악을 좋아합니까?" 하고 물었다. '그런 음악'이란 4마디에는 경멸이 가득 깔려 있었다.

나는 이 질문에 일종의 분노 같은 것이 치밀어 오는 것을 느끼면서 다음과 같은 내용으로 답을 하였다.

"언순(가명)이는 오페라를 듣고 배우들이 주고 받는 말 내용을 다 알아? 또 오페라에 담긴 이야기에 공감을 해? 아마 아닐 거야. 그러나 우리 악극은 배우들이 주고 받는 말도 다 알아 들을 뿐더러 그 이야기에 공감을 하지. 서양의 음악이나 오페라는 귀로 듣고 눈으로 봐. 그러나 우리 음악은 가슴으로 듣고 가슴으로 봐. 셰익스피어 비극을 보고 설사 주고 받는 말을 다 알아도 언순이는 울지 않을 거야. 왜 그런가 생각해 봤어? 문화의 차이, 정서의 차이 때문이야. 계모 밑에서 자란 자식은 배불리 먹어도 살이 찌는 법이 없다는 말 들어봤어? 그게 정이 통하지 않아 그런 거거든. 정이란 것도 크게는 정서의 일부야… 그리고 나는 시골사람이야. 시골사람이란 걸 큰 자랑으로 여기는 시골사람이라구.”

　말이 되는 지 몰라도 내가 평소에 생각하던 말을 뱉어 놓고 말았다. 그런데 요사이 은퇴했다고 집안에만 들어박혀 있다 보니 그 클래식 음악이 점점 좋아진다. 내가 나를 잘 몰랐는가?

(2006. 8.)

복원

서울에 있는 남산을 옛 모습 그대로 복원한다는 신문기사를 읽었다. 그 기사를 읽는 동안 내 심정이 무척 착잡했다. 원망과 반가움이 뒤섞인 감정. 다 망쳐 놓고 이제 와서 복원이라니!

남산 위에 거대한 콘크리트 탑을 세우고, 리프트(lift: 스키장 같은 데의 등산용 장치)를, 산 앞에는 산 모습을 가리는 고층 호텔을 지어 남산의 목을 옥죄더니 이제 와서 옛 모습으로 돌려 놓는다고? 청춘에 바람이 나서 집을 나간 남편이 늙어서 의지할 곳이 없게 되자 머쓱한 표정으로 제 집으로 돌아 왔을 때 아내가 겪는 심정과 비슷한 원망과 억울함이 울컥 치민다.

산이나 강, 경치 같은 자연은 '복원'한다고 할 때 우리는 그 자연을 벌써 불도저로 밀고, 허리를 자르고, 강 바닥을 할퀴고, 파내고, 다시 메꾸어서 상처 투성이를 만들고 난 뒤다.

'자연을 보호하자'는 구호에는 '자연을 파괴하자'는 뜻도 담겨 있다. 맑은 물이 흐르던 개천은 화학 독소가 섞인 거품이 떠가는 구정물, 물고기 한 마리 없는 죽은 개천을 만들어 놓고 나서야 '자연 보호'를 외치는 구호가 나오지 않는가. 많은 경우 가장 좋은 자연 보호는 있는 그대로 가만히 두는 것이다.

그래서 나는 '복원'이니 '개발'이니 하는 말에 별 호감을 가지고 있지 않다. 마구 허물어 버리고는 '개발'했다고 하는 경우가, 옛 터에 새 것을 덩그러니 하나 만들어 놓고 '복원'했다고 하는 경우가 얼마나 흔한가!

벌써 20년이 넘었다. 전라남도 강진에 있는 시인 영랑(永郎)의 생가에 가본 적이 있다. 이 생가는 누가 봐도 넓직한 터에 큼지막한 초가집 하나 지어 놓고 영랑의 생가라고 부르는데 지나지 않는다는 것을 알 수 있다. 소위 생가라는 집에 영랑이 쓰던 가구 하나, 영랑이 쓴 원고 한 줄, 면도기나 손 가방 같은 영랑의 손때 묻은 일용품 하나 눈에 띄지 않았다. 영랑의 생가를 복원했다고 떠들기보다는 차라리 영랑이 살았던 집터라는 것을 알려주는 푯말이나 하나 세워 두는 게 더 낫지 않을까 하는 생각이 들었다.

사람은 나이가 들면서 생각하고 행동하는 것이 어른에 가까워진다. 좋은 말로 성장(成長)했다거나 철이 들었다 한다. 그러니 성장의 다른 뜻은 어렸을 때의 순진함과 보드라움을 점점 잃어버린다는 말도 된다. 자라면서 그 맑고 연한 마음에 차츰 때[垢]가 끼기 시작한다. 즉 눈치를 보고, 이해타산을 하고, 거짓말하고, 부풀려서 말하고, 겉과 속이 서로 다른 말도 서슴지 않는다.

나는 가끔 우리 마음도 성형수술이 될 수 있지 않을까 공상

을 해 본다. 꿈 많던 순정, 피 끓는 정열도 옛 모습으로 복원될
수 있다면 얼마나 좋을까.

만약 이렇게 마음의 성형수술을 성공적으로 받은 사람이 있
다면 그 사람에 달라붙은 마음의 때도, 심보의 고약함도 오늘
날 거리를 휘젓고 다니는 신사 숙녀들과 비교가 되지 않을 것
이다. 그러나 이런 사람들은 오늘 사회에서 바보 혹은 숙맥이
라고 불릴 것이니 이것도 하나의 비극이 아닐까.

아무튼 이번에 남산을 복원한다니 개발보다는 더 듣기 좋은
소식이다. 복원된다니 그 보기 흉한 리프트, 콘크리트 남산 탑,
남산의 앞 모습을 가리는 고층 호텔도 없어지겠지.

(2007. 3.)

토끼

　　5월에 이사를 온 후 H형 부부와 우리 부부가 아침 저녁으로 산책을 하는 강가 길섶에 토끼 두 마리가 살고 있다. 산책길에서 자주 눈에 띄는 다른 토끼들과는 달리 이 녀석들은 사람을 봐도 겁을 내지 않고 도망도 가지 않는다. 자기 옆에 누가 있다는 것을 의식조차 하지 않는 것 같다.

　　생김새도 목 주위로 흰 목도리를 두른 것처럼 눈 같이 하얀 테가 크게 둘러 쳐 있는 것을 빼고는 온 몸이 윤기가 반지르 흐르는 새까만 털로 덮여 있어서 다른 토끼들보다는 좀 더 '귀족적'으로 생긴 것 같다. 아마 어느 집에서 그 집 아이들의 귀여움을 독차지하다가 새로 온 강아지에 밀려 주인이 이 숲에 갖다 버린 토끼들이지 싶다. 토끼가 말이라도 하면 물어 보겠으나 도대체 입을 열어 소리를 내는 일이 없으니 알 길이 없다.

　　하루 이틀 눈에 띄지 않을 때는 혹시 주위를 돌아다니던 고양이한테 무슨 변이라도 당하지 않았나 걱정되다가도 토끼가 다시 나타나면 그렇게 안심이 될 수가 없다.

그런데 나는 녀석들에 대해 몇 가지 궁금한 게 있다. 첫째, 두 녀석들의 관계다. 둘이 부부인가, 아니면 친구인가? 부부라면 애정의 표시가 있어야 하고, 친구라면 장난이 있어야 한다. 그런데 녀석들은 애정의 표시도, 장난도 없다. 서로 무심한 부부, 무심한 친구다. 붙잡아서 '거시기'를 살펴보면 대번에 알 수 있겠으나 산부인과 의사도 아닌 내가 어찌 함부로 남의 부끄러운 부분을…….

둘째, 녀석들은 음식을 두고 다투는 법이 없다. 다른 동물들은 서로 잘 지내다가도 먹을 것만 생기면 그만 서로 으르렁거리지 않는가. 그러나 이 토끼들은 음식을 두고 다투는 법이 없다. 먹은 것이 많아서 그럴까? 먹을 것이 남아 돌아가는 데도 한 술이라도 더 먹으려고 욕심을 부리는 사람보다도 나은 것 같다. 사람은 다정하던 형제 사이에도 재산 다툼이 나서 '어디 법정에서 보자'며 이를 갈지 않는가.

셋째, 녀석들은 희로애락(喜怒哀樂: 기쁨과 노여움과 슬픔과 즐거움)을 나타내는 법이 없다. 언제 보아도 무상무념(無想無念: 불교에서 말하는 모든 생각을 떠나 마음이 텅빈 듯이 담담한 상태)의 초연한 상태. 생각을 하는지, 못 하는지, 안 하는지 참 답답한 녀석들이다. 이렇게 무심하고 뚱한 녀석들이니 우리도 야단스럽게 반가워 해야 할 필요가 없다. '야, 저기 토끼 있네. 토끼야 여기 봐' 정도의 실로 미적지근하고 감칠 맛 없는 인사 정도에서 그친다.

11월에 들어서니 바람이 차가워진다. 토끼가 걱정이다. 그런데 며칠 전 H씨가 즐거운 소식이라며 들려주었다. 동물보호협회에서 그 토끼 두 마리를 잡아 갔다는 것이다. 이 토기들은 겨울 추위를 견딜 만큼 강하지 못하기 때문에 보호협회에 데려가서 겨울을 지나고 내년 봄에 다시 풀어 놓겠다는 것이다. 고마운 사람들. 명색이 동물보호협회니 토끼를 학대하지는 않겠지! H씨는 내년 봄에 다시 꼭 같은 장소에다 풀어놔 달라고 부탁했다고 한다.

오늘도 산책을 갔다가 토끼가 있던 풀섶을 지나갔다. 녀석들이 없으니 몹시 허전한 생각이 들었다. 인간이란 정(情) 때문에 웃고, 정 때문에 우는 나약한 존재. 모르는 사이에 우리 부부도, H씨 부부도 그 말 못하는 짐승에게 정을 준 모양이다.

토끼야, 부디 보호협회 선생님들 말 잘 듣고 몸 건강하게 겨울 보내거라. 내년에 새 울고 복사꽃 피는 봄이 오면 우리 또 그곳에서 만나자.

(2006. 11.)

친구

　『홍길동 전』을 쓴 허균은 조선 중기 때 유명한 여류시인 허난설헌의 남동생이다. 그는 선조 때 문관에 급제하여 뒤에 형조판서를 지냈다. 시대를 앞지르는 자유분방한 사상과 행동으로 미치광이, 부도덕한 사람으로 취급 받기도 했다. 그는 서얼(첩 소생의 자식 및 자손)의 차별대우가 심한 당시 사회의 병폐를 고치려고 무리를 만든 혐의로 체포되어 사형되었다. 요샛말로 하면 극좌, 행동파에 속하는 민권 운동가였던 셈이다.

　허균은 그가 사는 집 이름을 사우제(四友齋)라고 했다. 네친구가 있는 집이란 말이다. 네 친구는 누구일까? 이들은 이미 세상을 떠난 지 오랜 사람들, 즉 진나라의 도연명, 당나라의 이태백, 그리고 송나라의 소동파 세 사람과 허균 자신이다.

　이 세 사람들은 모두 역사에 남을, 문장으로 이름을 날린 사람들이다. 그러나 허균은 그들을 친구로 만든 것은 그들의 인품 때문이지 그들의 문장 때문이 아니라고 주장하였다.

허균은 당시 이름을 날리던 천재 화가 이정이라는 사람에게
부탁하여 이들 셋의 초상을 그리게 하고 그가 가는 곳이면 반
드시 그 초상을 걸어놓고 세 사람이 마주 보며 함께 웃고 이야
기하는 듯 지내며 자기 생활의 적적함을 줄일 수 있었다고 한
다.

이걸 들으니 서울대학교 미술대학 교수를 하다가 월북한 김
용준 교수의 글에 나오는 시인 에머슨 생각이 난다. 에머슨과
카라일은 서로 만난 적이 없는 사이였다고 한다. 그런데 이 두
사람이 처음으로 만나 인사를 한 뒤 30분 간이나 서로 말 한마
디 없이 앉아 있다가 "오늘 저녁은 퍽 재미있게 놀았다" 하고
헤어졌다 한다. 일찍이 연암 박지원도 "말하고 싶은 것이 있어
도 입밖으로 꺼내지 않는 벗이 있다"고 했는데 에머슨이나 카
라일, 허균의 행동도 나 같은 보통 사람으로서는 이해 못할 싱
겁고도 이상한 일화이다.

허균의 '친구' 세 사람은 제각기 다른 시대를 살다간 사람들
이었으나 모두가 벼슬을 싫어하여 쫓겨나거나 귀양을 간 사람
들이다. 허균 자신도 입 버릇처럼 벼슬을 버리고 고향인 강릉
으로 돌아가기를 원했다. 그가 '사우제' 편액에 쓴 글을 보면 그
의 절실한 심정이 잘 엿보인다. 어느 책에 실린 것을 현대 감각
으로 뜯어 고쳐 보자.

내가 사는 집은 조용하고 외져서 아무도 찾아 오는 사람이
없으며 뜰에는 오동나무 그늘이 있고 집 뒤로는 대나무가
있으니 그윽하고 조용해서 누구나 좋아할 것이다. 거기다

가 북쪽 창에다 도연명, 이태백, 소동파 세 사람의 초상을
걸어 놓고 향을 피우고 절을 하는 생활을 하니 집 이름을
‘사우제’라 한다.

허균은 사상적으로 외로운 선구자였다. 어렸을 때 그의 스승
이달(李達)이 능력은 있으나 출신 성분 때문에 벼슬길이 막힌 채
일생을 우울하게 보내는 것을 본 허균에게는 당시로서는 혁명
적이던 인간평등 사상이 싹트게 되었다 한다.

게다가 막힘 없는 그의 행동과 비범한 재주는 주위 사람들의
부러움과 질투를 사기에 충분했다. "사람을 알려면 우선 그 친
구부터 보라(慾知其人, 先視其友)"는 옛말이 있듯이 허균 같은 심
성의 선비가 친구를 택하는 데 오죽이나 까다로웠을까. 그러다
보니 그림 속의 세 사람이 친구가 되고 만 희극이 벌어지고 만
것이다

요사이는 좋은 친구 만나기가 허균이 살아 있던 시절보다 더
어려운 것 같다. 하기야 허균이 죽은 것도 그의 친구 기준이라
는 사람의 근거 없는 고발 때문이었긴 하지마는.

아는 사람은 많아도 친구는 드문 세상이다. 제한된 자리를
놓고 벌여야 하는 경쟁, 한 곳에 오래 살지 못하고 딴 데로 가
야 하는 빈번한 이사, 파견근무, 상반되거나 혼란스런 가치관,
지나친 황금숭배 사상, 전자통신의 출현, 복잡한 직업 등은 좋
은 친구를 만나기가 점점 어려운 세상을 만들어가고 있다.

(2006. 11.)

청산리 벽계수야

2002년에 『세월에 시정을 싣고』라는 책을 펴낸 적이 있다. 우리 옛 시조 180수를 뽑아서 내깐에는 현대 감각으로 풀이를 한 책이었다.

그런데 몇 주전 토론토 Bloor가(街)에서 한국 음식점을 크게 하는 나옥녀 사장을 만났더니 내 책에 「청산리 벽계수야…」로 시작되는 유명한 황진이의 시조가 빠졌더라는 것이다. 이제라도 좋으니 이 「청산리 벽계수야」 풀이를 적어 넣으라는 명령형 부탁이었다.

내 시조 풀이에 빠졌다는 시조 전체는 다음과 같다.

청산리 벽계수야 수이감을 자랑마라
일도 창해하면 다시오기 어려워라
명월이 만공산(滿空山)하니 쉬어 간들 어떻리
푸른 산속을 흐르는 맑은 시냇물이여, 쉽게 흘러간다고 자랑하지 말아라. 한 번 바다에 들어가면 다시 돌아오기 어렵지 않는가. 밝은 달빛이 빈 산에 가득한데 잠시 쉬었다 감이 어떻겠는가?

짧고 덧없는 인생, 여유 있게 인생을 노래하며 살아가자는 노래이다.

이 노래를 지은 사람은 황진이다. 그는 조선 중종 때 개성에 살던 기생으로 용모가 뛰어나게 아름답고, 거문고, 노래, 시, 글씨에 뛰어난 재주가 있었으며 무사, 학자, 풍류객들과 더불어 이름 난 산(山), 경치 좋은 강을 찾아 놀기를 좋아했다.

황진이는 마음에 드는 남자가 있으면 적극적으로 그에 접근하여 그의 마음을 빼앗고마는 자유 연애주의자였다 한다. 그가 살아있는 부처로 추앙 받던 천마산의 지족선사를 파계시킨 이야기(부럽다, 지족선사여!) 당대의 대학자 서경덕을 유혹한 이야기는 유명하다.

그러나 그의 일생에 대해 참, 거짓을 가릴 수 있는 직접적인 자료가 없고, 야사 등 많은 신비한 일화가 전할 뿐이니 사실로 믿기는 대단히 어렵다. 한 가지 분명한 것은 홍랑, 홍장, 한우, 매창과 더불어 조선 중기의 뛰어난 여류 시인으로 꼽힌다는 사실이다.

황진이의 또 다른 시조를 보자.

동짓달 기나긴 밤을 한 허리로 둘로 내어
춘풍 이불 아래 서리 서리 넣었다가
어른님 오시는 날 밤 굽이 굽이 펴리라

동짓달 기나긴 밤을 둘로 잘라서 따뜻한 이불 속에 여러 번 잘 포개어 넣었다가 서방님이 오시는 날이면 구불구불 굽은 곳마다 펴고 바로 잡아서 그날 밤을 길게 길게 보내 보리라. 간절한 그리움이다.

황진이는 27살 때 당대의 명창 이사종을 만나 사랑에 빠졌다. 두 사람은 이사종의 집에서 3년, 황진이의 집에서 3년, 모두 6년을 함께 살 것을 약속했다. 황진이는 이사종의 소실이 되는 예를 올리고 이사종을 먹여 살렸다. 3년이 지난 후에는 이사종의 차례, 그도 약속을 지켜 6년이 지난 어느 날 두 사람은 깨끗하게 헤어졌다 한다. 말하자면 오늘 날의 계약결혼을 한 것이다. 어느 겨울 밤 이사종이 몹시 그리워 이 노래를 지었다 한다.

황진이의 시조는 읽다 보면 우리가 아껴 부르는 가곡 "꽃잎은 하염없이 바람에 지고/ 만날 날은 아득타 기약이 없네…"로 시작되는 「동심초(同心草)」의 노랫말을 쓴 설도(薛濤)가 생각난다. 당나라 때 중국 사천성에서 양반 집에서 태어나서 여류 기생이 된 시인 설도는 안서(岸曙) 김억이 우리말로 옮긴 가곡 「동심초」의 원본이 된 다음 시를 적었다.

바람에 꽃잎은 날로 시들고/아름다운 기약 아직 아득한데
한 마음 그대와 맺지 못하고/공연히 동심초만 맺고 있다네
(風花日將老, 佳期猶渺渺 不結同心人, 空結同心草)

설도에 관한 글을 쓰기 위해서 사천성을 다녀 온 수필가 박

영자님에 의하면 설도는 자기보다 10년이나 연하의 남자를 7년 동안 사랑하다가 끝내는 눈물로 사랑의 패배와 아픔을 겪어야 했다 한다.

황진이와 설도— 둘 다 사랑에는 허기진 여성들이었다. 사랑에 굶주림은 이처럼 아름다운 노래를 우리 입에 오를 수 있게 했으니 사랑의 기쁨은 물론 사랑의 슬픔 또한 위대한 힘을 낳는다는 생각이 든다.

(2006. 12.)

저택

　몇 달 전에 토론토에서 발간되는 신문 <토론토 스타(Toronto Star)>에서 토론토를 대표하는 '메이플 맆스(Maple Leaf: 직역하면 단풍잎)' 아이스하키팀 사장이 20년간 살던 집이 주택 시장에 나왔다는 기사를 읽었다. 부르는 값은 자그마치 캐나다 달러로 450만불. 화장실 12개에 체육관, 수영장, 정구장, 온실 등 없는 것이 없는 초호화판이다.

　벌써 15년은 되었지 싶다. 우리가 살던 런던이라는 도시에서 그 도시뿐만 아니라 캐나다 전국에서 이름난 부호요 그 사람 이름이 붙은 공원, 미술관, 대학교 단과 대학 이름이 있는 아이비(Ivey)라는 사람이 있다. 그 도시 북쪽 외곽을 빠져나갈쯤 해서 아이비 할아버지 때부터 대대로 살던 큰 저택이 있는데 무슨 이유인지 아이비는 그 저택에 살지 않고 그 도시 다른 곳에 살고 있었기 때문에 집은 몇 년 동안 빈 집으로 남아 있었다. 우리는 어딜 갔다 그 집 앞으로 지나오는 길이면 공원만한 크기의 정원과 집을 한바퀴 휘익 둘러 보곤 했다. 아내는 처녀적에 '나는 장차 시집을 가면 이런 집 마님으로 들어앉을 것이다'는 꿈을 가졌겠지. 그러나 "헤 헤, 미안합니다, 싸모님."

그런데 자기 할아버지가 살았고, 살림을 일군 집인데 왜 이 집을 팔까? 혹시 못난 자식이라도 있어서 사업에 실패한 것은 아닐까?

2006년 봄 한국에서 돌아와 그 저택을 다시 가 보았더니 세상에! 그 크고 아름답던 정원 주위로는 콘도미니엄들이 꽉 들어서 있다. 집이 팔린 것이다.

런던 부호 아이비나 토론토 아이스하키팀 사장 같은 이름난 부자들이 자기 아버지 혹은 할아버지가 살던 집을 시장에 내놓는 것을 보면 이 북미 대륙 사람들의 자기네 조상에 대한 향념(向念)이 우리와는 다르다는 것을 알 수 있다. 우리 같으면 큰 할아버지가 집을 짓고, 사업을 해서 살림을 일군 집을 후손들이 그렇게 쉽게 팔지도 않으려니와, 설사 판다고 해도 그렇게 쉽지는 않을 것이다. 자식들이 성공을 하면 할수록 그네들 성공이 마치 그 집 집터가 명당이기 때문에 그렇다는 풍수지리의 발복(發福)을 믿어서 그 집을 정성스럽게 돌보고 치장을 할 것이 아닌가.

그러나 서양 사람들은 우리와 다른 것 같다. 아무리 자기 할아버지가 그 집에서 살림을 일구었다 해도 지금 집을 팔아서 최대한의 이득을 남기기에 가장 좋은 시기라고 생각하면 별 주저 없이 팔아 버리는 것 같다. 나는 이 두 가지 중에 어느 것이 옳은가에 대한 뚜렷한 의견이 없다.

그런데 서양 사람들이 집을 파느냐 마느냐를 결정하는데 있어서 우리보다 비교적 쉽게 결정을 내릴 수 있는 것은 그들의 가족관계와도 관계가 있지 싶다. 우리처럼 형님, 동생, 삼촌, 사촌, 팔촌이 크게 한 덩어리로 움직이고 유대관계가 비교적 긴밀한 사회에서는 대대로 살던 집을 자기가 장손이라고 휘딱 팔아 치우기는 어렵지 않을까. 개인보다도 대소가 집안의 동의를 얻어야 할 안건이다.

아무튼, 우리가 살고 있는 Etobicoke시 Humberwood가(街) 710번지 1412호는 450만 불짜리 저택의 화장실 크기밖에 안될 것이라는 것을 생각하니 아무리 청빈(淸貧)이 좋다 하나 나 같은 속물(俗物)에게는 그다지 자랑스런 일은 아닌 것 같았다. 하루는 우리가 사는 콘도미니엄 1012호에 사는 H씨와 산책 길에 450만 불짜리 저택 이야기가 나왔다. 그리고 우리가 사는 콘도미니엄 '저택'도 450만 불짜리에 조금도 떨어질 게 없다는 결론에 도달했다.

보라! 우리도 수영장이 있고, 우리도 체육관, 당구장이 있다. 우리도 지하 주차장이 있고, 우리도 정원사가 있지 않은가. 우리도 정구장이 있고, 우리도 파티룸이 있는 걸. 에헴, 우리도 손님 대기실이 있고, 우리도 손님이 오면 잘 수 있는 방까지도 있다. 꼭 자기 이름으로 등록된 것만 자기 것인가, 쓰고 싶을 때 쓸 수 있으면 그게 자기 것이지. 무소유의 소유!

우리 집 옆으로는 20km나 뻗친 울창한 자연 수목원(樹木園) 안으로 산책 길까지 있고 사슴, 토끼, 다람쥐, 두더쥐, 비버, 잉어, 자라, 오리는 기본이다. 뿐이랴, 하루 종일 뜨고 내리는 집

채만한 비행기도 공으로 볼 수 있다. 우리가 못한 게 뭔가, 실
로 의기충천한 단합대회! 그러나 우리는 한 달에 관리비 500불
을 꼬박꼬박 내야 한다는데 이르러 둘 다 말없이 걷기만 했다.

(2006. 8.)

자서전

나는 서점에 가면 회고록이나 자서전 류의 책을 집어 드는 경우는 거의 없다. 그런 종류의 책은 무서우리만큼 화려한 경력을 지낸 정치인들만이 (사실 정치가가 아닌 경우도 많지만) 쓰는 것으로 알고 있는 내 잘못된 고정관념 때문이다. 그런데 우리나라에서는 대통령부터 무슨 무슨 장관, 국회의원을 지낸 사람들이란 전부 자기자랑이나 거짓말을 해서 생계를 유지하는 사람들이 아닌가.

그런데 얼마 전에 아르헨티나에서 태어난 시인 지망생이요, 무력 혁명가, 카스트로 혁명정부의 제2인자요 산업부 장관을 지냈던 체 게바라(Che Guevara: 1928-1967)가 쓴 『체 게바라 자서전』을 읽었다. 체 게바라라는 이름은 벌써 몇 십년 전에 미국 흑인 혁명가 말콤 X에 대한 전기를 읽다가 그의 이름이 심심찮게 튀어나와서 이름만 알고 있을 정도였다.

자서전을 읽고 나서 그의 용기와 비전, 사랑과 진솔함에 말할 수 없이 큰 매력을 느꼈다. 비록 그가 미국 CIA요원들이 지휘하는 추적대에 의해 볼리비아의 어느 이름 없는 밀림에서 총살당하고 말았지마는 '사나이같이 살다 간 서른아홉 청춘이었구나' 하는 생각이 들었다.

언젠가 대구에서 자서전까지 냈다는 어느 유명인사를 만난 적이 있다. 채 10분도 안 되는 짧은 시간에 "내가 자서전에 쓴 얘긴데…"하는 말이 10번 넘게 튀어 나와서 '이 사람은 자서전을 자기 선전 게시판으로 생각하고 썼구나'하는 생각이 들었다.

나도 중학교, 겁 없던 시절에 내가 앞으로 자서전이라도 쓰게 될 큰 인물이 되면 '자료'가 필요할꺼라 생각하며 일기를 매일 쓴 적이 있다. (어느 누구는 대통령이 될 뜻을 중 3때 확고하게 굳혔다지 않는가!) 그러나 그 일기는 나의 게으름으로 보름을 넘기지 못했던 것 같다. 나중에 누군가 일기장을 검열할 것에 대비해서 듣기 거북한 이야기는 쏙 빼고, 듣기 좋은 이야기, 예를 들면 '오늘은 늦게까지 학교에 남아서 운동장에 떨어진 종이조각을 주웠다' 같은 이야기만 썼다. 그런데 일기에 쓴 운동장에 종이를 주운 것은 모두 2번도 되질 않았다.

50년이 넘는 세월이 흐른 지금 그 거짓말 일기장도 없어졌고, 자서전을 쓸 큰 인물이 될 꿈도 사그라진 지 오래다.

자서전, 나도 한 번 쓰고 싶은 책이다. 그런데 부풀림이나 거짓말 없이 나에 관한 이야기를 쓸 수 있을까. 심리학에서 대답을 구하면 '아니오' 쪽이다. 우리는 자기 자신을 좋은 쪽으로 과장하는 편향, 즉 자기고양적 편향이라는 게 있기 때문에 '내가 진실하게 쓰리라' 하는 결심 하나로 진실한 자서전이 되는 것은 아니다.

설사 아무런 과장 없이 내가 겪은 일, 생각들을 적었다 하자. 내 마음을 찍은 비디오는 지저분하고 추악하기 이를 데 없으니 내 자서전을 읽은 사람들이 '이동렬이란 사람은 이런 사람이구먼!' 하면 나는 그야말로 본전도 못 찾는 게 아닌가.

요새 한국에서는 전문적인 '글쟁이'라는 게 있어서 이들에게 자기 생애에 대해 대략만 말 해주면 그럴 듯한 자서전이나 회고록을 써준다고 한다. 이쯤 되면 자서전이 아니라 소설이다. 좌우간 편리하고 재미있게 돌아가는 세상.

자서전은 꿈이 있어야 한다. 과거만 있고 미래에 대한 비전이 없는 자서전은 죽은 자서전이다. 『체 게바라의 자서전』을 읽고 감명이 컸던 것도 바로 여기에 있다.

나도 게바라의 자서전같이 꿈과 미래를 담은 따뜻한 자서전을 쓰고 싶다. 다만, 그 꿈과 비전이 오늘까지 꺼진 불씨처럼 남아 있다면.

(2006. 11.)

술

　우리 부부는 한밤중, 1시 2시에 일어나서 와인을 한 잔씩 마시고 놀다가 다시 잠을 청하는 괴상한 새 버릇이 생겼다. 나는 술을 많이 마시지는 않아도 술을 마시는 정서는 무척 즐기는 편이다. 빈 속에 알코올 기운이 온 몸으로 훗훗하게 퍼질 때는 말할 수 없이 기분이 좋아지는 것이다.

　책을 뒤져보면 술에 관한 글은 수없이 많다. 그 중에서 내 기억에 가장 또렷하게 남는 것은 양주동 교수의 글이다. 사연은 이렇다. 대학교 때, 내 깐에는 글 쓰는 식[문체]을 본받을 마음 속의 스승을 정한다고 국문학자요 영문학자인 양주동, 시인이요 문장가인 이은상, 소설가인 정비석 이 세 분들의 책을 갖다 놓고 수없이 되풀이 읽던 생각이 난다. 그 때 양주동의『문주반생기』를 읽고 그의 삶이 부럽기도 했으려니와 이 어른이 얼마나 술을 좋아하는지도 알게 되었다.

　양주동은 해마다 5월이 되면 우리 모두가 목이 메어 부르는

「어머니의 마음」이라는 노래의 노래말을, 이은상은 영원한 망향의 노래 「가고파」의 노래말을, 정비석은 고등학교 3학년 국어 교과서에 실렸던 명문으로 금강산 절경에 보내는 애틋한 사랑의 노래 「산정무한(山情無限)」을 쓴 분들이다.

세 사람 모두가 문체가 무척 호방하다 할까 화려, 장대한 천하 명문이다. 요사이 이런 문장을 쓰는 사람은 눈의 띄지 않는다. 하기야 이들처럼 어려운 한자를 많이 썼다가는 읽을 사람도 드물겠지만.

양주동의 『문주반생기』는 2006년 겨울 우리가 한국을 방문했을 때 우연히 나에게 굴러 들어와서 여관방에서 다시 읽었다. 이은상, 정비석의 책은 모두 1960년대에 출판된 구식 제본이지만 내 책꽂이에서 VIP 대접을 받고 있다. 50년 가까운 세월이 흘렀지만 지금 읽어도 역시 명문들이다.

술 얘기를 하다가 엉뚱한 데로 갔다. 우리가 온타리오 주 런던이라는 도시에 살 때 한 10년 넘게 술을 집에서 담근 적이 있다. 1년에 300병씩 담가서 지하실 와인 저장소에 보관하고 거의 매일 한 병씩 마셨다. 그런데 한 번은 내 잘못으로 발효가 채 끝나지 않는 술을 병에 담아 넣었다가 코르크 마개가 밀려나면서 '풍' 하는 소리와 함께 병 안에 있던 와인이 풍풍 쏟아져 나오는 놈들이 몇 있어서 혼이 난 적이 있다.

내가 술을 1년에 300병을 담갔다 하니 내가 술맛을 알아 보는데 눈이 있는 사람으로 생각하는 사람들이 많다. 천만에, 나는 술에 대한 감식력이 없는 사람이다. 내가 이러니 남도 그렇겠지. 나는 식당 같은 데서 와인이 나오면 자기가 무슨 와인 감식가나 되는 것처럼 코를 와인잔에 들이대고 벌름거리며 와인 잔을 빙빙 돌리는 것을 보면 아니꼬운 생각이 든다. 제가 뭘 안다고.

서울대학교 국문학과 이종묵 교수가 2006년 8월에 펴낸 『조선의 문화 공간』이란 4권짜리 책이 있다. 이 책은 우리나라의 좋은 경치와 그 경치에 얽힌 유명한 선비들의 이야기를 적은 책이다. 아름다운 경치 속에서 시(詩) 짓고, 술 마시고, 다시 시 짓는 풍경. 빼어난 선비 뒤에는 반드시 빼어난 경치가 있는 것을 보면 빼어난 경치는 빼어난 선비를 낳기도 하지만 빼어난 선비 또한 빼어난 경치를 만들기도 하는가 보다. 예를 들면 우암 송시열에게는 화양동이 있었고, 백사 이항복에게는 필운대가, 율곡 이이에게는 고산구곡이 있었고, 정암 조광조에게는 사은정의 절경이 있었다.

나도 이제 은퇴를 했으니 캐나다의 이 단순한 생활 속에서 벗어나 가끔 좋은 경치를 더듬어 거기에 가서 술이나 실컷 마셔봤으면 생각하지만 한 번도 실천에 옮기지는 못했다. 캐나다의 생활은 어딘지 이런 사치를 할 수 있는 마음의 여유를 허락하지 않는 것 같다. 은퇴 전에 나를 짓누르던 이상한 긴장감은 은퇴를 하고 난 후에도 말끔히 가시지 않는다. 그리고 캐나다에서는 빼어난 경치는 많지만 한국처럼 발 담그고 놀 수 있는 그런 아기자기한 경치는 드물다.

(2007. 1.)

바람 부는 들판에 서서

가을이다. 때가 오면 어김없이 왔다가는 가버리는 가을. 사람들이 어느 계절을 좋아하느냐고 물으면 나는 일년 4계절이 다 좋다고 대답한다. 봄은 봄대로, 여름은 여름대로, 가을, 겨울―, 모두가 나름대로 특징이 있고 보내기 아쉬운 계절인 것이다. 어떤 계절이 마음에 든다는 것도 생각해보면 그 계절과 연상되는 활동 때문에 그런 것 같다. 가령 봄이면 꽃 피고 시냇물 흐르는 곳으로 나들이를 간다든지, 여름이면 산과 들을 헤맨다든가, 낚싯대를 메고 월척(越尺: 낚시에서 한 자가 넘는 물고기를 이르는 말)을 노리는 여유 때문이 아니겠는가.

젊은 시절에는 나도 '남자의 계절'이라 불리는 가을을 남들이 좋아하니까 덩달아 좋아했다. 어떤 사람들은 가을에 깊은 사색을 많이 할 수가 있어서 좋다고들 하지만 나 같은 단순치야 그저 가을이 오면 그 다음엔 겨울, 겨울이 오면 즐거운 겨울방학이 올 것이라 생각하며 가을을 좋아했다. 말하자면 생각하는 소크라테스보다는 행복한 돼지였다는 말이다.

조선시대의 문인들이 쓴 시(詩)를 살펴보면 일년 사계절 중에서 봄과 관련된 시가 가장 많고 그 다음이 가을이다. 봄과 가을은 사람들에게 많은 시심(詩心)을 불러일으키는 계절인 모양이다. 그런데 '가을'이란 단어가 나오는 시를 보면 한결 같이 쓸쓸하고 외롭다는 표현이다.

중국 당나라 때 문필가 구양수(歐陽修)의 "아 슬프다. 이는 가을의 소리로구나. 어찌하여 왔는가!(噫噫悲哉, 此秋聲也, 胡爲乎哉)"는 처음부터 끝까지 탄식, 탄식이 아닌가.

올 가을은 내가 은퇴를 하고 처음으로 맞는 가을이다. 가끔 우리가 사는 콘도미니엄 옆으로 펼쳐진 들판 길을 걸어본다. 가을은 들판 길을 걷는 것이 제격이요, 들판 길은 바람 부는 날이 더 좋다.

문득 독일 시인 헤세(Hermann Hesse)의 「들 판위로」가 생각난다.

하늘에는 구름이 떠가고
들에는 바람이 부네
들판 저쪽으로
엄마 잃은 소년, 나는
방황을 하고 —.

옛날, 그 옛날, 내가 공부하던 부리팃쉬 콜럼비아대학 구내서점에서 헤세의 영어로 번역된 시집을 한 권 산 적이 있다. 책꽂이 어디에 숨었는지 눈에 잘 띄지도 않는 얄팍한 시집. 한 시간을 넘어 찾아 먼지를 털고 겉장을 넘기니 '이동렬, 1971년 3월 23일'이라고 영어로 적혀있다. 갑자기 생각은 옛날로 돌아간다. 1971년이면 지금부터 36년 전, 내 가슴에 물안개 피고 겁 없던 청춘 시절이 아닌가.

고등학교 때인지 대학교 때인지 너무 오래 전에 읽은 글이라 제대로 기억하는지는 모르겠으나 소월(素月)이 그의 스승 시인 안서(岸曙) 김억에게 보낸 편지에 다음과 같은 구절이 있었던 것 같다.

…베잠방이를 입고 가을 들판에 서 있으니 제가 무슨 지사(志士)나 선비가 된 것 같은 생각이 드옵니다. 그러나 외롭고 쓸쓸한 심사는 어찌 하오리까….

지나간 일들이 영화장면처럼 떠오른다. 즐거운 일이 생각나면 나도 모르게 빙그레 웃음이 나온다. 잘못한 일에 대해서는 '그때 이렇게 했더라면…' 하는 후회가 든다. 그러나 이제 와서 아무리 가슴을 쳐도 소용 없는 일, 인생은 기관차처럼 무정하게 궤도(軌道)를 따라 앞으로만 달리는 것이다.

베잠방이 옷이 아니더라도 바람 부는 가을 들판에 서면 외롭고 쓸쓸함이 뼈속으로 파고드는 것 같다. 이 세상을 하직하고 저 세상으로 간 친구들 생각이 간절하다. 이래서 내 쓸쓸함이 더한가. 런던에 살 때 주말이면 정구를 치는 날이라고 찾아오던 신인순 형, 안토닌 드보르작 교향곡 레코드 판 한 장을 선물로 주고 간 강영채 형, 한국 판교에 있는 정신문화원 뒤뜰에서 아이들처럼 감나무에 대롱대롱 매달려 감을 따먹던 이계학 형. 무슨 일이 급해서 그렇게 빨리들 갔소? 당신들도 당신들 있는 곳에 들판을 걸으며 내 생각을 하겠지. 당신들에 대한 기억도 세월이 갈수록 희미해져 가는 구려.

이제 이 가을이 가면 겨울방학이 오는 게 아니라 '벌써 해가 바뀔 때가 가까워 오는구나' 하는 생각이 먼저 든다.

(2006. 11.)

즐거운 이야기 두 가지

첫 번째 이야기. 이사를 와서 서재에 있는 책을 지하실 창고로 옮기다가 허리를 삐었다. 옷도 제대로 입을 수 없고 양말도 제대로 신을 수 없으니 그 괴로움과 불편은 말로 다 표현하지 못할 정도였다.

아래층에 사는 H형이 오더니 "이럴 때는 침을 맞아야 돼요" 하며 내 손을 잡고 침으로 유명하다는 M한의원에 갔다. 그런데 나는 침은커녕 주사 한 대 맞는데도 병적으로 겁이 많은 사람이다. 내가 정기적으로 혈액검사를 받으러 갈 때도 겁에 질린 내 표정과 말씨는 간호원들의 웃음거리가 될 때가 있다.

진단이 끝나자 한의사 M씨는 내 등에 침을 몇 대 놨다. 겁에 질려 몇 대를 놨는지 정확한 기억은 없으나, 아마 7, 8대는 되지 싶다.

그런데 기적이 일어났다. 병원문을 열고 들어 설 때는 앉고 서지도 잘 못하던 내가 침 몇 대를 맞자 그 즉석에서 별 아픔

없이 걸을 수도 있고 허리를 구부렸다 폈다 할 수도 있지 않는 가. 한의학이라면 고개를 가로젓던 나에게 거짓말 같은 기적이 일어난 것이다.

M 한의사의 말이 침을 자꾸 맞을 필요는 없으니 이제 병원에 더 오지 말고 집에서 푹 쉬면 2주일 안으로 완쾌될 것이라는 것이다. 그런데 치료비가 예상의 절반밖에 되질 않았다. "왜 이렇게 치료비가 적습니까?"하고 물었더니 요즘 세상에는 들어보기 어려운 대답이 나왔다. "이 정도 치료비를 내는데도 어려움을 겪는 사람들이 많습니다. 내가 살아갈 수 있는 정도만 받으면 되지요" 하는 요지의 대답이었다.

요즘 세상에 M씨 같은 사람을 보는 것은 길을 가다가 초등학교 동창생이라도 만나는 것처럼 반갑다. M 한의원 문을 열고 나오니 하늘이 유난히 푸르고, 지나가는 사람들의 표정도 한없이 밝아 보였다.

두 번째 이야기. 내 5번째 수필집 『꽃피고 세월가면』의 출판 기념을 준비하고 있을 때였다. 모임 장소로 100명이 겨우 들어갈 수 있는 어느 음식점을 예약했다.

L목사를 초청하기로 했다. L목사는 우리 부부가 유학시절부터 알던 분이었다. 춥고 배고프던 학생시절, 남의 집 지하실에서 두더지처럼 외롭게 사는 우리 부부를 일주일에 한 번은 꼭 찾아 주시던 목사님. 당신이 지금 생활하는 것도 정말 진짜 목사님같이 청빈, 검소한 생활로 주위 사람들의 존경과 찬사를 받는 어른이다.

자세히는 기억할 수 없으나 L목사와 나는 다음과 같은 요지의 대화를 주고 받았다. "…목사님, 저의 출판기념회에 오실 수 있습니까?" "가지요. 나는 벌써 달력에 표시해 뒀는데요." "아니, 아직 초청장도 안 보냈는데 어떻게 알고?" "신문에 난 걸 보고 벌써 표시해 두었습니다."

내가 놀란 것은 초청장을 받지 않았는데도 달력에 표시해 뒀다는 것을 스스로 말씀하시는 것이었다. 진작 달력에 표시해 두고도 시치미를 때고 "에―, 그 날 틈이 나는지 어디 달력을 한 번 볼까요" 하는 시간을 버는 행동을 할 수가 있었다. 이것이 소위 사회적 지명도가 높다는 사람들이 알량한 자존심을 올리기 위한 책략이 아닌가.

L목사의 '달력에 벌써 표시해 뒀다'는 짧은 말은 '겸손하라, 진실하라, 그리고 사랑하라'는 가르침을 행동으로 보여준 것이다.

(2006. 9.)

6부

서리는 마른 풀잎에 내리고

남한 말과 북한 말

지난 12월 한국에 나갔던 길에 어느 책방에서 서울대학교 국문학과 교수로 있다가 은퇴한 심재기 박사가 편집한 『남북 통일 말 사전』이라는 600쪽이 넘는 두툼한 책을 한 권 샀다. 두 부분으로 나누어진 이 책 제1부는 ‘북한에서 잘 모르는 남한 말’을, 제2부는 ‘남한에서 잘 모르는 북한 말’을 수록하였다. 말할 것도 없이 이런 사전류의 책을 처음부터 끝까지 읽는다는 것은 별 의미가 없다. 그저 여기 조금, 저기 조금 훑어보면 충분하다.

남과 북이 갈린 지가 어느덧 반세기가 넘었다. 중국 명나라 때 원굉도(袁宏道)는 “백 년 이래 변치 않는 문장은 없다”고 했는데 100년까지 갈 것 뭐 있나, 40~50년 전에 쓴 글만 읽어봐도 벌써 오늘날 우리가 쓰는 문체와 많이 다르다는 생각이 드는데. 하물며 서로 왕래도 없이 원수로 지낸 지가 50년이 넘는 남북한 사이에서야.

가끔 사람들이 우스갯 소리로 북한 말을 소개한다며 전구를 '불알', 냅킨을 '주둥이 행주'라 하는 것을 들었다. 이런 말이 정말 북한에서 쓰이는 말인가 싶어 사전을 뒤져보았으나 찾지 못했다. 농담과 진담도 구별 못하는 이 바보.

이『남북한 통일 말 사전』을 보면 북한에서는 우리말을 보호하려는 노력이 남한 보다는 더 많고, 남한에서는 이러한 노력보다는 한자나 영어를 그대로 옮긴, 즉 영어나 한문을 좀 안다는 사람 위주의 말들이 많다는 것을 쉽게 알 수 있다. 재치 있고 아름다운 우리말로 옮겨 논 것은 김일성 주체 사상 영향 때문이지 싶다.

예를 몇 개 들어보자. 산책로를 북한 말로는 거닐 길, 지프자는 발바리 차, 축구 경기에서 골키퍼는 문지기, 헤딩 슛은 머리받아 넣기, 종착역은 마감역, 건망증은 잊음증이다. 무척 재치있고 예쁜 우리말들이다.

다 그런 것은 아니지마는 한자나 영어가 섞인 말을 쉬운 우리말로 풀이를 해 놔서 이들에 대한 지식이 별로 없는 사람도 쉽게 알 수 있도록 만들었다. 예로 치사량(致死量)은 죽는량, 삼모작(三毛作)은 세 번 농사, 주차장(駐車場)은 차마당, 합병증(合倂症)은 따라난 병, 장기(長技)자랑은 재간 보이기, 돌연사(突然死)는 깜짝 죽음, 공전(空轉)은 헛돌이, 드라이 클리닝(dry-cleaning)은 화학 빨래, 개그맨(gagman)은 희극 배우, 휠체어(wheelchair)는 불구자용 밀차, 페스티벌(festival)은 축제이다.

우리말로 잡아두려는 욕심은 의학이나 권투, 배구 같은 운동경기에도 엿보인다. 한의학은 고려의학, 한방의원을 고려병원,

한약은 고려약이다. 한의학이 중국에서 왔지마는 어디까지나 우리나라에서 독자적으로 발전시킨 전통의학이란 주장이 강하다. 권투에서는 녹아웃을 완전 넘어지기, 어퍼컷은 올려 치기, 잽은 톡톡 치기, 혹은 돌려 치기, 스트레이트는 곧추 치기다. 배구에서 타임 아웃은 분간 휴식, 스파이크는 때리기, 페인트는 살짝공, 아웃은 바깥공이다. 남한에서 국문학을 공부하는 사람들은 우리말에 대한 열정이 적어서 그런가, 한문이나 영어에 대한 존경이 커서 그런가, 아니면 내가 모르는 다른 이유가 있어서 그런가, 이렇게 고운 우리말로 옮겨 놓은 것이 그다지 자주 눈에 띄지 않는다.

　남북한 말 중에서 우리가 쓰던 말 중에 북한에 뺏겨버린 말이 하나 생각난다. '동무'라는 말이다. 이 정답고 예쁜 말은 6·25 전후해서 사상 관계로 금지되고, 그 대신 '친구'가 들어섰다. 처음에는 이 말이 무척 어색하게 들리더니 "곰보도 자주 보면 미인이라"고 50년 넘게 쓰다 보니 이제는 동무란 말이 되려 어색해진다.

　남북한 말이 서로 어떻게 다른가를 밝혀주는 것도 중요하다. 그러나 앞으로 어떻게 하면 남과 북이 같은 것을 두고 두 단어가 아닌 한 단어를 쓸 수 있는가를 생각해내는데 힘을 기울이는 것도 중요하지 않을까. 산책 길 하나를 놓고 한 쪽에서는 '산책로', 또 한쪽에서는 '거닐길'이라고 해서야 되겠는가.

(2007. 2.)

격(格)

극장 앞에 걸려있는 영화를 선전하는 그림과 반 고흐(van Gogh)의 그림에 무슨 차이가 있을까. 극장 그림이 반 고흐의 그림보다 더 구상이 웅대하고, 채색이 화려하고, 복잡한 부분을 더 정말같이 그렸다. 그러나 우리는 고흐의 그림을 명화라고 칭찬하지 극장 그림을 명화라고 칭찬하지는 않는다. 그 이유의 하나는 그림의 격(格)이 다르기 때문이다.

그러면 격(格)이란 무엇인가? '멋'이라는 말을 몇 마디로 설명하기가 어려운 것처럼 격이란 말도 몇 마디로 설명하기가 어렵다. 사전을 보면 격이란 '신분, 주위환경, 사정에 어울리는 분수나 품위'라고 적혀 있다.

그러나 이 정의로는 '매력'이란 말을 '얼굴이 예쁜 것'으로만 정의하는 것같이 '격'의 극히 부분적, 불완전한 설명밖에 되지 못한다. 그러니 직선적 설명대신 '격'의 주위를 맴돌며 여기저기 설명하는 것이 더 좋겠다는 생각이 든다.

힘이 센데 성질은 고약한 사람이 있고 힘이 세면서도 한없이 너그러운 사람이 있듯이 사람의 품격이나 사람됨에도 차이가 있다. 돈이 있다고 사람들에게 노골적으로 으스대는 사람은 격이 없는 사람이다. 식당에서 나오며 바지춤을 올리거나 이를 쑤시며 나오는 사람을 보고 우리는 격 있는 행동이라고 하지 않는다. 이렇게 보면 우리가 소위 '에티켓(etiquette)'이라고 부르는 교양이 있느니 없느니 하는 것도 격의 일부에 해당한다고 봐야겠다. 그런데 격에서는 정신적인 면이 더 강조된다.

그림이나 서예 같은 예술 분야처럼 격이 중요하게 생각되는 분야도 드물다. 품격이 높은 글씨나 그림이 있고, 품격이 낮은 글씨나 그림이 있다. 비록 글씨의 초보자라 해도 격(格)이 높은 글씨가 있고 수십 년을 쓴 노련한 글씨라 해도 격이 낮은 글씨가 있다. 이 말은 속기(俗氣: 고상하지 못하고 세속의 추한 냄새)의 있고 없음과 거의 같은 말이다.

아무리 거침없이 줄줄 내리 쓴 능숙한 글씨라 해도 속기 덩어리인 경우가 많다. 글씨나 그림에서 격(格)이란 가장 정신적인 요소이기 때문에 전문적 이해가 없는 사람들은 잘 알아 볼 수가 없다. 추사가 흥선 대원군이 친 잡초를 그린 것 같은 난초 하나를 천하의 뛰어난 작품이라고 칭찬한 것은 그 난초에서 함부로 건드릴 수 없는 그 무엇, 즉 작가의 고고한 정신을 느낄 수 있었기 때문이다.

그런데 격이란 사회적 지위나 돈이 있고 없음과 별 관계가 없다. 미국 대통령으로 있다가 명예롭지 못한 일로 임기를 다 마치지 못하고 물러난 닉슨(R. Nixon)은 록펠러(N. Rockfeller) 같은 사람에 대한 열등감이랄까 부러움이 이만 저만이 아니었다고 한다. 록펠러가 돈이 많아서 그런 것은 아니다. 닉슨이 아무리 대통령까지 한 사람이라 해도 록펠러라는 사람이 풍기는 말로는 표현하지 못할 그 어떤 분위기를 따라가지는 못해서 그렇다고 한다. 바로 격(格)이 못 미친다는 얘기다.

'나도 이제부터는 격 있는 사람이 되어야지' 하는 결심만으로 하루 아침에 격이 높아지는 것이 아니다. 격이란 그 사람이 지금까지 자라 온 주위 환경, 특히 가정 환경, 어울리는 친구, 읽은 책 등에서 자연스레 우러나오는 것이지 의도적으로 쥐어짜는 것은 아니기 때문이다.

이영재님이 쓴 『추사진묵(秋史眞墨)』이라는 책을 내 '도서관'인 화장실에 갖다 둔 지가 벌써 몇 달이 지났다. 그 책에는 추사 김정희가 쓴 것으로 알려진 글씨들이 100개가 넘게 전시되어 왜 이것은 가짜 추사며, 저것은 격(格) 높은 진짜 추사인가에 대한 설명이 있다. 그런데 아무리 저자의 설명을 읽어도 내 기초가 부족해서 그런지 이해가 잘 안 간다. 성인(聖人)은 성인 눈에만 보인다더니.

(2006. 9.)

지조(志操)

　대학교 때 시인 조지훈이 쓴 「지조론(志操論)」이라는 9, 10쪽이 될까 말까 한 에세이를 읽은 적이 있다. 어려운 한문 문자가 많고 무척 메마르고 어려운 글이라고 생각되어 큰 감명을 받지는 못한 것 같다.

　47년이 지난 2006년 어느 날 이 글을 다시 한 번 읽어 보았다. 유비, 관운장, 장비가 나오는『삼국지』도 평생 동안 초년, 중년, 노년에 한 번씩 모두 3번 읽어 보는 책이라지 않는가.

　조지훈의 「지조론」을 다시 집어 든 이유는 인생 경험이 젊었을 때와는 많이 달라진 오늘에 읽어 보는 것은 또 다른 의미를 주지 않을까 하는 막연한 호기심 때문이었다. 그리고 요사이는 너무나 지조 없는 사람들이 무더기로 쏟아져 나오는 때라 지조라는 개념 자체가 무엇인지 무척 흥미롭기도 했다.

　음악이나 미술 분야를 보면 베토벤, 모짜르트, 고흐, 마네 같은 거장들이 비교적 짧은 시간을 두고 쏟아져 나왔지 않는가.

그런데 요사이는 바라는 거장들은 나오지 않고 지조나 정절 따위는 아예 찾아 볼 수 없는 사람들로만 무더기로 쏟아져 나온다는 생각이 들었기 때문이다.

지조란 무엇인가? 지조란 꿋꿋한 뜻과 바른 행동을 말한다. 조지훈에 따르면 지조란 것은 다른 것은 섞이지 않는 순수한 정신을 지키기 위한 불 같은 신념이요, 눈물 같은 정성이며, 고귀한 투쟁이다.

조지훈에 따르면 지조와 정조는 한 뿌리에서 나오는 것이다. 지조는 정신적인 것이요 정조는 육체적인 것, 그러니 지조가 없는 사람은 정조가 없는 사람이라고 할 수 있다. 여자로 말하면 이 남자 저 남자 아무에게나 몸을 맡기는 창녀 같은 사람이란 말이다.

지조는 변절의 반대말이다. 그러므로 지조는 곧 믿음이요 신뢰다. 지조가 없는 사람은 믿을 수가 없다. 변절자를 어이 믿을 수가 있는가.

그런데 지조가 너무 강하면 고집불통, 융통성이 없고 모든 행동이 굳어지기 쉽다. 일찍이 노자(老子)는 산 것은 부드러운 것이요 죽은 것은 굳은 것이라고 했다. 채근담을 쓴 홍자성도 "지조를 지킴에는 엄정해야 하지만 너무 과격해서는 안 된다"고 경고했다. 지나친 정의는 독재와 통한다는 것도 같은 맥락의 말이다.

사람은 늙어서 지조를 버리고 추한 사람이 되기 쉽다. 막말로 하면 '잘 나가다가 막판에 가서 죽을 쓰는' 것이다. 우리 주위를 보면 높은 벼슬에 오르기 위해 평생 동안 지켜오던 신념을 하루 아침에 버리는 사람들이 얼마나 많은가.

채근담에 나오는 다음 구절은 누구나 가슴에 새겨 둘 말이다.

"기녀(妓女)라도 늘그막에 한 남편을 따르면 '한 평생 분 냄새'가 거리낌이 없을 것이요, 아무리 절개를 지키던 여자라도 머리털 센 다음에 정조를 잃고 보면 지금까지 지켜온 깨끗한 절개가 아랑곳 없으리라. 속담에 말하기를 '사람을 보려면 다만 그 후반을 보라' 하였으니 참으로 새겨 둘 말이다."

지조는 항상 정의편에 선다. 나쁜 짓을 하다가 참회하고 좋은 일을 하는 사람을 두고 지조가 없는 사람이라고는 하지 않는다. 그러니 지조를 지키기 위해서는 "옳고 그른" 판별을 할 수 있는 기준이 필요하다.

그러나 우리가 사는 세상은 21세기. 정의와 불의, 믿음과 배신, 사랑과 증오 등 우리가 아침 저녁 대하는 가치 거의 전부가 소위 말하는 포스트 모더니즘의 보자기에 싸여 있지 않은가.

이런 세상, 모든 것이 여러 가지 다른 모양으로 나타날 수 있는 사회환경에서는 서로 반대되는 것들이 모두 옳거나 정의로운 것이 될 수 있다. 이런 시국에서는 지조를 지키기도 옛날보다 점점 더 어려워지고 있다는 생각이 든다.

(2006. 12.)

선비

2002년 12월이었던가 『세월에 시정을 싣고』라는 제목의 옛시조 풀이 책을 펴낸 때였다. 문법적으로 정확한 풀이보다는 감상에 중점을 둔 책, 그러다 보니 심리학, 국문학, 야사에 대중가요 가사까지 뒤범벅이 된 그야말로 해물잡탕이 되고 말았다. 그런데 그 책 표지에는 큰 활자로 '이 동렬 교수가 시조를 통해 본 조선의 마음'이니 '선비가 시조를 만나다'는 등의 거창한 수식어를 달았다. '선비'라고 하면 책이 더 많이 팔릴 것이라는 생각을 했기 때문에 출판사에서 이런 화려한 말을 동원 했을 것이다.

암튼, 우리는 '선비'라고 하면 무조건 A+를 준다. 선비 같다고 할 때 그 말에는 '학자적', '깨끗한', '고고한', '청렴 강직한' 등 좋다는 수식어는 다 따라 붙는 것 같다.

선비란 무엇이며 누구인가? 선비란 말은 애당초 "어질고 지식이 있는 사람"에서 시작하여 나중에는 사대부를 일컫는 말로 관리가 될 자격이 있는 독서 계급을 통틀어 가리키는 말이 되었다. 우리가 자주 입에 올리는 선비는 고려 말, 이성계를 도와 조선 창건에 참가한 신흥 사대부(士大夫)들이나, 조선 중기 이후의 사림파 모두, 그러니까 당시의 지식층이요 지도층을 말하는 것이다.

서울대학교 역사학과 정옥자 교수의 말을 빌리면 지식과 인격을 가리키던 선비[士]의 성격은 고대 중국에서는 신분계급의 하나였는데 나중에는 신분계급을 넘어선 유교적 인격체로, 세속의 명리와 시류에 영합하지 않고 올바른 도를 추구하고 인(仁)과 의(義)를 지키는 사람을 가리키는 말이 되었다 한다.

선비의 묘사에는 두 가지, 즉 긍정적 묘사와 부정적 묘사가 있다. 먼저 전통적으로 내려오던 긍정적 묘사를 살펴보자. 서울대학교 국문학과 이광표 교수의 선비에 대한 묘사는 지극히 뜨겁다. "역사의 전면에 나가서 불 같은 정신으로 시대를 호령했고 때로는 초야에 칩거하며 깊이 있는 사색으로 시대를 떠받쳤던 선비들. 하늘이 무너져도 원칙을 지키며 백성의 삶을 끌어안았고, 도덕과 양심을 위해 모든 영광을 미련 없이 포기했던 그들의 생애, 그것은 시대를 초월한다…" 지극히 아름답고 장한 모습으로 분장한 선비의 모습이다. 이런 선비가 5천년 역사에 과연 몇이나 될까?

최근 『선비의 배반』이라는 좋은 책을 펴낸 박성순 교수의 선비 묘사는 이와 다르다. 박 교수의 주장은 조선 시대에 선비들은 "단순히 심신을 수양하고 학문을 연마하는데 그치지 않고, 왕권을 억압하고 국정을 장악함으로써 이른바 선비 혹은 사대부 전권사회체제를 만들기 위하여 끊임없는 권력추구에 집념했다"는 것이다.

위의 견해를 따르면 단순히 선비를 미화해서 "현실을 냉정하게 비판하고 하늘이 무너져도 원칙을 지키며… 도덕과 양심을 위해 모든 영광을 미련 없이 포기하는" 사람으로만 보는 것은 지나치게 단순한 생각이다. 물론 그 중에는 다산(茶山) 정약용이나 매천(梅泉) 황현 같은 깊은 사색으로 시대를 떠받쳤던 참 선비들이 없는 것은 아니지만 이들이 선비들을 대표한다고 할 수는 없는 것이다.

조선의 역사는 곧 선비들의 역사였다. 그들은 조선 초기부터 보수와 혁신 두 세력으로 갈라져 다투고, 여러 사화를 거쳐 조선 중기에는 동인 서인으로, 동·서에서 다시 남·북, 남·북에서 다시 노·소로 쪼개졌다. 외척세도 정치가 끝난 후 안동 김씨 세도 정치로 이어져 오다가 끝내는 외부세력에 나라를 빼앗기고 말았다. 외부세력 때문이라 하지만 내부적으로 지식인들의 무능 때문에 스스로 멸망했다고 보는 주장도 있다.

나는 박성순 교수와 의견을 같이 한다. 옛날이나 지금이나 지식인 혹은 선비라 불리는 사람들이 얼마나 권력 앞에 머리를 조아리고 세상이권에 눈알을 굴렸던 사람들이었던가. 그러니 정옥자와 이광표 교수의 선비 묘사는 이상적인 선비상을 묘사한 것으로 보는 것이 좋을 것 같다.

토론토에서 발간되는 「한국일보」 2006년 7월 22일자에 이준희 논설위원이 쓴 글 중 다음 인용이 현대 선비상을 잘 보여준다.

"…당시(전두환 정권) 신군부 인사들에게 숱한 학자, 교수들이 자천 타천 인사청탁이 줄을 이었고, 심지어 주위의 눈을 피해 밤이면 연희동 전씨 집을 찾아드는 이들도 많았다. …이 일은 내심 배운 사람들에 대한 존경과 두려움을 갖고 있던 전씨 등 군출신 인사들이 콤플렉스를 털어버리고 도리어 지식인 집단을 우습게 여기는 계기가 됐다. … "

선비는 사회의 양심이자 지성이며 인격의 기준, 시대가 부르는 이념적 지도자이자 지성인이라 한다. 그러나 이것은 어디까지나 우리의 희망사항, 주위에서 큰 선비라 불리는 사람들이 한 말과 그들이 남긴 발자취를 보면 이 말에 고개가 갸우뚱해질 때가 있다.

(2006. 8.)

순종 타령

개(犬)는 잡종이 순종보다 더 성격이 원만하고 질병에 견디는 힘이 강하다고 한다. 그러나 값은 순종이 더 비싸다 하니 순금이 합금보다 값이 더 나가는 원리와 같다.

사람도 그런 모양이다. 나는 어려서부터 우리 대한민국은 한 핏줄 한 겨레라는 사실, 즉 지금으로부터 4339년 전 단군왕검이 아사달에 나라를 세운 후 순수한 단일 혈통으로 이어온 나라라는 것을 무척 자랑스러운 사실로 배워왔다. 말끝마다 한 겨레 한 핏줄이라고 하지 않았는가.

이 거룩한 나의 믿음에 금이 가기 시작한 것은 중학교와 고등학교 때 국사를 배우면서 우리나라 반만년 역사에 여러 번 다른 피가 섞여 들었을 사건이 있었다는 것을 알고 난 후였다. 우리는 고려 때부터 몽고 침략군들에 의해 이 땅을 짓밟혔다. 조선시대 임진, 정유 왜란 때는 주로 경상남북도에 살던 부녀자 수만 명이, 정묘, 병자 호란 때는 주로 평안남북도에 살던 부녀자 수만 명이 침략군에 의해서 강제로 정조를 짓밟혔다.

임진왜란이 끝나고는 수많은 사대부 부녀자들이, 비록 강제이지만, 그들의 순결을 잃었기 때문에 남편들은 "정절을 더럽힌 여자와는 같이 살 수 없다"는 이유로 무더기로 이혼 신청을 했다. 당시는 사대부가 이혼을 하자면 왕의 윤허가 있어야 했기 때문에 조정에서는 이혼을 허락할까 말까 큰 논쟁이 있었다. 위의 사실들로 미루어 보면 우리 피에 다른 피는 섞이지 않았다는 순혈주의자들의 주장에 의심이 간다. 생각해보라. 수만 명의 순결을 잃은 여인들 중 다만 몇 백 명 만이라도 원치 않던 임신했다면 수백 년을 내려 오는 동안 일본, 후금의 피가 단군의 핏줄 속에 조용히 섞여 들지 않았겠는가를.

토론토 교민 사회에서 발간되는 「중앙일보」 6월 22일자 사설은 2006년 월드컵 주제에 맞추어 기원탁씨의 「대한 민국을 넘어서」라는 제목 아래 한국 축구의 발전을 위해서 축구의 혼혈 정책을 강력히 주장하였다. 사설 일부를 적어 보자.

문명은 순혈주의에서 열린 혼혈주의로 향한다. 시민의 순수 혈통주의를 고집했던 스파르타는 오래 가지 못했다. 반면 영토 팽창의 초기부터 주변의 동맹국들이나 피정복 주민들 중 엘리트들에게 시민권을 준 로마제국은 날로 번성했다. …이제는 축구도 피부색 쇄국주의에서 벗어나야 한다.

그런데 이 사설은 비단 축구에서만 순종 찾기에서 벗어나자는 것이 아니고, 모든 영역에서 지나치게 순종 타령만 하는 나쁜 버릇을 버리자는 말이다.

아닌게 아니라 우리는 모든 일에 지나치게 순종 타령을 한다. 대학에서도 자기 대학 출신이 아니거나, 학부 때 전공이 다른 사람들은 전공이 순수하지 않다는 이유로 차별대우를 받는다. 이 모두가 순종 타령 때문이다.

사설대로 이제 세상은 달라졌다. "우리는 이렇게 한다"고 우리 식만 고집할 때는 지난 지 오래다. 학문이고 예술, 모든 것이 나라 사이에 경계선이 있는가 의심이 갈 정도로 뒤범벅이 되어 가는 세상이다. 그렇다고 문화의 고유성을 없애자는 얘기는 아니다. 두 흐름 간에 균형을 맞추자는 말에 불과하다.

언젠가 강남에 있는 어느 식당에서 친구와 저녁을 먹은 적이 있다. 고급식당으로 알려진 이 음식점은 튀김요리 하나 담는데도 접시에 지금 막 필까말까 하는 매화가지 3, 4개에 때로는 장미꽃 열 송이는 될 꽃잎들로 두 겹 세 겹 보료를 깔아 놨다. 마치 위에 앉은 튀김이 꽃상여에 실려 지금 화장(火葬)터로 가는 것 같았다. 도대체 꽃 구경을 하라는 건가, 음식을 먹으라는 건가, 처음 보는 요상스러운 상차림이었다. "이 사람들이 음식을 가지고 장난을 하네." 아내가 혼잣말로 투덜거렸다.

그런데 그 날 상위에 올라온 음식들을 분류하자면 분명 한식은 아니었다. 그렇다고 일식, 양식, 중국식, 그 어느 나라 음식으로도 불릴 수 없는 것들이었다. 소위 말하는 퓨전(fusion) 음식이란다.

문화에서도 서로 다른 색깔들이 융합해서 순혈성을 잃을 때는 혼혈을 주장해오던 사람들을 이처럼 황당한 혼돈감 속으로 몰아 넣는 것은 아닐까?   (2006. 10.)

우리말 글 1

우리말은 조선 건국 이후 오늘까지 3번이나 '폭행'을 당했다. 첫 번째 범인은 중국이다. 500년이 넘은 기간 동안 중국 글은 우리 말을 짓누르고 우리말의 뿌리를 뒤흔들어 놓았다. 이제는 너무나 많은 중국글이 우리글이나 되는 것처럼 낯익게 다가 온다. 심지어 그 날라리 국회의원들까지 그들의 유식을 뽐내고 싶어 일반 사람들은 알 수 없는 '토사구팽'이니 하는 중국의 4자 성어를 무슨 큰 스님들의 화두(話頭)나 되는 것처럼 일이 있을 때마다 끌어댄다. 멸시의 웃음이 나온다.

말이 있고 글이 따르는 법이다. 조선 왕조 500년 동안 말은 우리말을 지껄였으나 글은, 적어도 학식깨나 있는 사람들은, 중국 글자를 썼다. 말과 글이 서로 다른 어려움을 본 세종대왕께서는 우리글을 만들었다. 참으로 위대한 임금님이시다.

두 번째 범인은 일본이다. 일본 식민지 생활 36년, 비록 기간은 오래지 않았지만 그 사이에 일본은 우리말 말살 정책을 폈다. 그 결과 일본말이 우리말에 끼친 나쁜 영향은 실로 커서 해방이 된지 61년이 지난 오늘까지도 구석 구석에 그 찌꺼기가 가시지 않고 남아 있다. 학위 논문이나 지식인들이 쓴 글을 보면 일본말에 문법적인 뿌리를 둔 것이 너무나 많다.

세 번째로 덤벼든 것은 영어다. 미국의 덕으로 우리의 주권을 되찾았으니 영어의 영향을 받는 것은 어떻게 보면 당연할지 모른다. 그러나 미국과는 지리적으로 거리가 멀고, 문화적 배경이 서로 달라서 처음에는 영어의 영향을 그다지 크게 눈에 뜨일 정도는 아니었다. 그러나 1950~60년대에 이르러 영어의 영향력은 말할 수 없는 크기로 불어나서 별 능력이 없는 사람도 영어 하나만 잘하면 그 덕분에 회전의자를 차지할 수 있었다. 영어를 잘 하려는 우리의 의욕은 아무 의문 없이 우리말을 밀쳐버리고 영어식 표현을 환영하였다.

생각이 바꿔지기 시작한 것이다. 예로 "잘 주무셨습니까?" 하는 아침 인사는 "좋은 날 가지십시오(Have a nice day.)"의 영어식 인사에 밀려났고 "자녀가 몇 입니까?"하는 질문에 "아들 둘 뒀습니다" 하는 대답은 "아들 둘 가졌습니다(I have two sons.)"에 밀려 났다. 『우리 말 바로 쓰기』를 펴낸 이오덕에을 따르면 탐욕이 없고 평화를 사랑한 우리 조상은 스스로 천민(天民)으로 자부하고 이 세상 모든 것을 하늘이 내린 신성한 것이어서 함부로 차지할 대상이 아니라고 생각하였다고 한다. 그 결과 자기에게 속한 것조차 "가졌다" 하지 않고 "아들 둘을 두었다", "내게 땅 마지기가 좀 있다" 하고 크고 작은 일 모두를 "한다, 있다, 치른다"로 했다 한다.

그런데 어느 사이엔가 "가졌습니다" 하는 영어식 표현은 안 따라 붙는 데가 없어서 학생들의 논문에도 "이러한 생각을 가지게 되었다"고 쓴다. 생각은 하는 것이지 가지는 것이 아니지 않는가!

옛날 우리 백성들은 중국 글자를 모르면 사람 대접을 못 받았고 왜정 때는 일본말과 글을 모르면 촌뜨기로 천대 받았다. 우리 마음 속에 오랜 세월 길들여진 종살이 근성 때문에 그렇다고 한다.

이오덕님이 지적한 것처럼 우리는 미국 사람 앞에서 영어를 못하면 무슨 죄나 지은 것처럼 "미안 합니다[I am sorry.]"를 연발한다. 우리가 그네들의 말을 못 하는 것과 그네들이 우리말을 못하는 것이 다를 게 무엇인가. 캐나다 퀘백 주에 사는 불란서계 사람들은 영어를 다 알아들으면서도 짐짓 못 알아 듣는 척 하는 행동은 우리에게 무엇을 일러 주는가?

1970년인가, 한국에 계시던 어머님께서 캐나다에 사는 우리를 다녀가신 적이 있다. 어머님은 1901년생, 신교육을 못 받아 보신, 어느 모로 보나 조선시대의 여인이다. 어머님이 혼자 집에 계시고 우리 부부가 밖에 나갔다 오는 날이면 우리가 나간 사이에 서양 사람 전화가 왔다고 일러 주신다. 그러시면서 어머님은 "지금 집에 아무도 없소, 나중에 다시 하시오." 하고 수화기를 내려 놨다고 대견해 하셨다. "아이, 어머니, 그렇게 대답하면 저쪽에서 알아들어요?" 하면 "내 지(자기) 말 못 알아 듣는 거나 지 내 말 못 알아 듣는 거나 뭐가 다르노?" 하셨다. 학교 문 앞에도 못 가본 시골 노인의 배짱은 현대 교육을 받은 우리에게는 왜 없을까?

서양 말, 특히 영어는 우리말 전체를 짓누르고 있다. 우리말이 이 지경이 된 것을 보면 우리나라에서 지식인들로 불리는 사람들을 나무라지 않을 수 없다. 이들이 새로운 지식이라는 구실로 마구잡이로 쓰기 시작한 영어의 양은 실로 엄청나고 우리말을 죽이는데 칼을 빼들고 설친 것과 마찬가지이다.

요즘 '과거사 청산'이라는 말이 사람들 입에 자주 오르내린다. 과거사 청산이라는 말 속에 우리말을 이 꼴로 만드는데 앞장을 섰던 사람들까지 포함시킨다면 지식인이라 불리는 사람들의 90%는 자유롭지 못할 것이라는 생각이 든다.

(2006. 8.)

우리말 글 2

일본말과 글은 지난 100년 동안 우리말과 글에 엄청난 영향을 주었다. 할아버지 할머니는 일본 식민지 때 일본말, 글 밑에서 공부를 했고, 아빠 엄마를 통하여 오늘 세대까지 왔다. 그러니 일본말에서 비롯한 말인데도 우리말인 줄 잘못 알고 있는 경우가 한 둘이 아니다. 엄마 솜씨로 담은 김치인 줄 알았는데 시장에서 사 온 김치라는 것을 알게 되는 것과 같다고 할까.

우리가 즐겨먹는 돈가스와 비프가스를 예로 들어보자. 우리말, 글을 연구한 박숙희님에 의하면 돈가스는 돼지고기를 뜻하는 돈(豚)과 영어의 커틀릿(cutlet: 얇게 저민 고기)에서 온 것이라 한다. 커틀릿이라는 단어를 잘 발음하지 못하는 일본 사람들이 '가쓰레쓰'라고 발음하는데 '가쓰'의 첫 부분만 따서 돈가쓰(とんカツ)가 되었다.

돈가쓰 뿐이랴, '선호한다', '기라성', '무데뽀', '고수부지', '촌지'니 하는 말이 모두 일본에서 온 것인데 우리는 얼마나 자주,

떳떳하게 이 말들을 쓰는가.

그러면 순서 없이, 생각나는 데로, 우리가 자주 쓰는 일본말에서 온 말을 몇 가지 적어보자. 우리말 글 바로 쓰는 법을 책으로 내 논 여러분, 즉 이오덕, 최수열, 박희숙, 최의도, 권오순, 중앙일보 어문연구소 여러분들이 쓴 책을 참고하였다. 예문도 그들 책에서 베껴왔다는 것을 말해둔다.

첫 번째, '…의' 사용

* 서로의 안부를 묻고 → 서로 안부를 묻고

* 서로의 의견이 달라 깨졌습니다. → 서로 의견이 달라….

* 내 집은 만민의 기도하는 집이다. → 내 집은 만민이 기도하는….

* 한국 교회에 우리의 것이 있는가? → 한국 교회에 우리 것이 …?

두 번째, '…와의' 혹은 '…과의' 사용

* 정의와의 싸움에서 불의가 이겼다고 → 정의와 싸워서 불의가….

* 남한과의 교류를 증대시켜서 → 남한과 교류를….

세 번째, '…에의' 사용

* 5월에의 초대 → 5월에 초대

* 민주주의에의 열망 → 민주주의에 대한 열망

* 통일에의 의지 → 통일에 대한 의지.

네 번째, '보다'의 사용

* 보다 많은 물적 소유를 위한 싸움 → 더 많은 물적….

* 우리의 이야기를 보다 폭 넓게 들어 주기를 → 우리 이야기를 더
  폭넓게…:
* 보다 친절하게, 보다 깨끗하게 → 더 친절하고 깨끗하게.

다섯 번째, '…로의' 혹은 '…의로의' 사용
* 가을로의 초대 → 가을로 초대
* 열린우리당으로서의 무조건적 통합은 → 열린우리당으로서 무조건
  적……
* 지난 날로의 여행 → 지난날로 여행.

여섯 번째, '…로 부터의' 사용
* 감옥으로부터의 사색 → 감옥에서 사색
* 공해로부터의 해방 → 공해에서 해방
* 아는 것으로부터의 자유 → 아는 것에서 자유.

　지금까지 늘어놓은 일본말의 찌꺼기는 히말라야 같은 큰 산
의 한 모퉁이에 지나지 않는다. 그런데 여기서 한 가지 질문을
해보지 않을 수 없다. "일본말, 글이라고 무조건 쫓아내야 하는
가?" 내 대답은 '그렇다'이다.

　말은 곧 정신이다. 일본말, 글을 너무 많이 쓰면 우리말, 글이
어색하게 될 뿐 아니라 우리가 일본 정신을 그대로 물려받고
있다는 말이다.

　중국 글자에 400년을 얻어 맞고 일본말은 아직도 가시지 않
고 활개를 치는데 영어까지 우리말, 글을 더럽히고 있으니 우

리는 과연 무엇인가? 이것은 누구 한 사람, 한 단체만이 책임
질 일이 아니다. 모든 지식인들, 특히 신문이나 방송에서 일하
는 사람들, 강단에 서는 교사와 교수, 말과 글로 살아가는 사람
들이 제 정신을 차려야 일본말, 글의 독소도 풀려질 것이다.

(2006. 8.)

우리말 글 3

한국 E대학교로 자리를 옮긴 지 1년이 겨우 지난 2000년 9월이었다. 학생들이 여럿 모여 웅성웅성하기에 뭔 일인가 가 봤더니 반미(反美)운동을 하고 있었다.

학생들을 보니 모두가 하나같이 그 때 유행하던 미제 책가방에(East Pak이던가?) 대부분이 Nike 미제 운동화를 신었다. 아내의 말이 '학생들이 입고 있는 옷이 대부분 미제'라는 것이다. 반미운동, 좋은 말이다. 그러나 반미운동을 하는 사람들이 미제 가방을 메고, 미제 신발을 신고, 미제 옷을 걸치고 반미구호를 외치는 것을 보니 이것도 일종의 희극, 비극적인 희극이라는 생각이 들었다.

이제 이 학생들은 데모가 끝나면 시간이 늦을라 서둘러 어학원에 갈 것이다. 이 학생들은 곧 영어 연수를 떠나고, 미국에서 유행되는 노래를 배우려고 애를 쓸 것이 아닌가.

미국 말, 글의 힘은 이제 너무 커서 우리 말, 글에 한정된 것이 아니요, 우리 생활 자체를 위협하고 있다. 먼저 어느 분이 풍자해서 쓴 글을 재인용해 보자.

"한 베이비가 태어나면 캐시미롱 포대기 속에서 플라스틱 젖꼭지를 빨며 죠니 크랙커나 스마일 쿠키를 먹고 코카콜라나 펩시를 마시며 자라난다. 프로권투의 타이틀 매치를 관전하며 피 흘리는 KO승에 브라보를 외친다. 더 자라면 팝송이나 재즈 뮤직에 넋을 잃고 아디다스 국어 광사전 콘사이스로 공부하여 대학입시를 보면 커트라인에 들어야 패스한다. 맨션 아파트에서 나와 스쿨버스를 타고 캠퍼스에 가면 채플을 보고 오리엔테이션이 끝난 후 총장 리셉션에 가서 커피 한 잔에 슈가를 세 스푼 넣어 마신다."

『우리말 바로 쓰기』라는 책을 펴낸 이수열님에 의하면 우리 나라 방송사 4개의 50개나 되는 방송 고정 프로그램 중에 영어가 들어가지 않은 프로그램 이름은 하나도 없다고 한다. 뉴스데스크, 오늘의 토픽, 뉴스퍼레이드, 일요뉴스 스페셜…… 굿모닝 코리아. 모두가 생각만 바로 서 있는 사람이라면 그 자리에서 우리말로 바꿔치기를 할 수 있는 단어들이다.

한국 신문 고정란의 제목도 방송과 별 다른 게 없다. 오피니언, 머니, 브리프 리뷰, 밀레니엄 특집, … 카 라이프 등 영어 투성이다.

잡지 이름은 어떤가? 레이디 경향, 우먼 센스, 러브, 마드모아젤, 스위트 홈… 유머 펀치.

우리 나라 직업 야구단 이름도 여기에 뒤질세라 전부가 영어

이름이다. 해태 타이거즈, 롯데 자이언트, 삼성 라이언즈, 두산 베어즈

이오덕 선생이 1988년, 그러니까 지금부터 18년 전, 신문에 난 어느 백화점의 옷, 신발, 그밖의 용품 62가지 광고를 보니 62개 전부가 영어로 된 것이었다고 탄식한 적이 있다. 어패럴(apparel), 랜저리(lingerie), 북미 대륙같이 영어가 공식 언어인 나라에서도 상당히 어려운 단어들이 대한민국 서울 백화점에서 마구 튀어 나온다.

최근에는 오는 2007년에 대통령을 출마하겠다고 진작부터 벼르고 있는 어느 후보 말이 기초준비가 끝나면 '○○○ 매니페스토(manifesto)'를 발표할 예정이란다. 영어깨나 하는 대통령 후보인 것 같으니 미국과 관계는 껄끄럽지 않을 것 같다.

멋있고 아름다운 우리말이 있는데도 굳이 영어로 쓰는 이유가 뭘까? 이오덕 선생의 말을 빌리면 우리의 오랜 종살이 근성 때문에 그렇다는 것이다. 이들에게는 상전인 미국 것이면 모든 것이 좋고 멋있어 보인다.

한 가지 서글픈 것은 이들 모두가 일반 대중에게는 지식인으로 그들을 '인도하는' 위치에 있는 사람들이다. 술 취한 앞장 선 사람, 우리는 어디로 가는 것인가?

(2006. 8.)

오원(吾園) 장승업

서울대학교 미술대학에서 교수로 있다가 북으로 간 화가이자 수필가인 김용준 교수를 따르면 예술가에는 두 가지 형이 있으니 하나는 생활을 통해 예술을 찾는 사람이요, 다른 하나는 예술이 곧 생활이 되는 사람이라 한다. 그런데 예술이 곧 생활로 이어지는 사람은 그의 생활이 예술의 테두리를 벗어나지 못하므로 그의 행동이 곧 예술이 되는 것이다. 이에 비하여 앞은 큰 예술적인 수확이 있기는 하나 뒤와 같은 드높은 예술의 향기를 내뿜기는 어렵다고 한다.

아래 말하려는 사람은 뒤에 속한다고 볼 수 있는 장승업이라는 조선 말기의 화가이다. 지금부터 153년 전(1843), 찢어지게 가난한 집안에서 태어난 장승업은 일찍 부모를 여의고 혼자 떠돌이로 돌아다니다가 서울로 흘러 들어, 역사학자 김용준을 따르면 수표교 근처 어느 한약방에서 심부름을, 화가 김은호를 따르면 어느 종이 파는 상점에서 그림을 그려 팔면서 살았다 한다.

그는 화가들의 호에 '園(동산 원)'자가 많은 것을 보고 "어디 나도 '園'자를 한 번 붙여 보자"는 의미의 '吾(나 오) 園(동산 원)'이라 스스로 호를 붙였고, 화가로서 이름이 나매 아침부터 저녁까지 그림을 받으러 오는 사람으로 줄을 이었다 한다.

예술가로 성격이 괴팍하지 않는 사람이 어디 그리 흔할까마는 오원은 조선 역대 화가들 중에 호생관 최북과 같이 별난 성격과 남다른 행동으로 널리 알려진 화가이다. 예를 들면, 권력과 돈 힘을 이용하여 그림을 부탁할 때는 생명을 걸고 그림 그려주기를 거절한 것은 오원, 호생관 두 화가가 어찌 그리 같을까.

고종 황제가 화원이 된 오원에게 병풍을 그리게 하여 그를 궁중에 있게 하였으나 갇힌 궁중 생활에 싫증을 느껴 몰래 도망쳐 버린 일화, 뒤이어 충정공 민영환이 오원을 자기집 별채에 두고 융숭한 대접을 해가며 그림을 그리도록 하였으나 역시 며칠이 못 가서 또 도망을 치고 만 일화는 유명하다. 자유를 잃고 새장 안에 갇힌 꼴이 된 오원은 한 마리의 새가 되어 훨훨 날아 술 마시고, 멱살 잡고 싸우고, 웃고 노래하고 떠들던 '자기 사람'들을 찾아 간 것이다.

사람은 누구나 마음의 고향 같은 것을 품고 사는 모양이다. 이 마음의 고향은 곧 그의 자유를 찾게 하는 충동이 되며 이것이 있는 한 그는 살아있는 사람이다. 오원이 좋은 이부자리와 음식을 마다하고 밖으로 달려간 것은 뜨끈뜨끈한 술국에 안주 굽는 냄새와 옆에서 왁자지껄하고 떠들며 노래하고 춤추는 광경이었을 것이다.

예술가와 보통사람이 가지는 두드러진 차이점의 하나는 예술가는 성격의 솔직한 표현이 그대로 행동으로 되는 것이요, 보통 사람은 성격이 곧 행동으로 될 수 없는 데 있다고 한다. 예술가가 예술작품을 창작할 수 있는 능력은 이 솔직한 성격의 고백이 가능하기 때문이다. 그러나 이 성격의 고백이 곧 보통 사람은 잘 이해할 수 없는 괴상한 행동으로 보이는 때가 많다고 한다.

오원은 대부분 화가들이 그러하듯 술을 무척 좋아하고, 남을 그다지 의식하지 않고, 겉으로는 농담하는 태도로 대하는 듯하였으나 그 밑바닥에는 무섭기 칼날 같은 진실과 비판의 힘이 숨어 있었다.

기미 독립 선언 민족 대표 33사람 중의 한 사람이고 오원에게 그림에 찍는 도장을 많이 새겨준 오세창이 어느 날 오원이 다리가 3개밖에 없는 게[蟹]를 그린 것을 보고 "왜 게 다리를 세 개씩으로 그렸느냐?"고 물으니 "다른 게가 좀 있어야지 같으면 볼 재미가 있나?"라고 대답했다는 자유분방한 천재. 언제 어디서 죽어 갔는지 알려지지 않고 세월의 저쪽으로 사라져 간 오원 장승업.

최열 님이 펴낸 『화전(畵傳)』을 읽다 보니 오원이 지금 살아있다면 커피라도 한 잔 사 들고 찾아가서 말이라도 한 번 떠 걸어보고 싶은 생각이 든다.

(2006. 11.)

허균(許筠)을 칭송함

죽은 지가 수백 년이 지난 사람, 그것도 역모 죄로 몰리어 49 살 나이에 형장의 이슬로 사라진 사람을 아무개를 '칭송한다'는 제목으로 글을 시작하는 데는 약간의 설명이 필요하다.

어렸을 때 『홍길동전』이라는 소설의 지은이가 허균이라는 사실은 시험을 위해서는 반드시 알아두어야 할 토막 지식이었다. 그러나 부끄럽게도 나는 그 소설 여기저기만 읽었지 처음부터 끝까지 읽어 본 적은 없었다. 그 전부를 읽은 것은 E대학교에 가 있던 2000~2005년 사이 어느 때, 읽으면서 허균이 왜 이 소설을 썼을까, 작자에 대한 궁금증이 일었다.

이 기록 저 기록에 나타난 허균은 단순히 사형을 당한 죄수 소설가가 아니요, 되려 칭찬 받을 선각자임과 동시에 우국 지사였다. 우선 그에 대한 칭찬의 말을 몇 줄 적어보자.

책 읽는 소리가 끊일 날이 없는 문사의 집에서 태어난 허균은 어려서는 물론이고 어른이 되어서도 흥이 나면 일체의 격식을 잊은 채 어린아이처럼 매임이 없었고, 사람 사귐에 귀천을 가리지 않았다. 당시 지배 사상이던 유교의 울타리를 넘어 불교에 심취, 사명당 같은 고승들과 담론도 즐겼다. 주위에는 능력은 있으나 출생 성분 때문에 출세길이 막힌 불우한 친구들이 많았고 계급 사회의 숨막히는 체제에 대한 항거로『홍길동전』이라는 이상적인 혁명사상을 꿈꾼 소설을 써서 당시 사회의 모순과 부조리를 통렬하게 비판하였다.

박식하고 재치 넘치는 보기 드문 천재이자 혁신적인 사상가였으나 체제전복을 꾀했다는 죄목으로 형장의 이슬로 사라진 허균―, 그는 그의 주장을 너무 날카롭게, 너무 또렷또렷하게 펼쳐 나갔기에 많은 사람들의 시기와 선망, 질투를 샀다. 모난 돌이 정 맞는다던가?

허균의 벼슬길은 끝없는 파란만장이었다. 탄핵을 받고 벼슬에서 쫓겨났다가 다시 복직된 횟수만도 그가 역적 모의 죄목으로 망나니의 칼을 받기까지 모두 6, 7번이나 된다. 불교를 신봉했다 해서, 여자를 가까이 했다 해서, 또 어떤 때는 지방의 서자(庶子)들과 가깝게 지낸다 해서 벼슬에서 쫓겨났다. 사람들은 그가 경박하고 인륜도덕을 어지럽혔다고 헐뜯었다. 요새 말로 하면 말을 함부로 하고, 별 볼일 없는 사람들과 가깝게 지내고, 풍기문란에다가, 제 멋대로 행동했다는 말이다.

시와 문장에 뛰어난 그는 그야말로 인생을 폭 넓게 살았다. 중국에 다녀와서 명나라 학자들과 사귀는 것은 물론 천주교 서적과 지도 등 새로운 사상을 소개하였다. 이처럼 당시 유교와 고리타분한 예학(禮學)에만 사로잡힌 조선 사회에서 허균은 실로 외로운 행군의 나팔수였다.

일찍 그가 유배 생활을 할 때 다음과 같은 우국충정의 편지를 보낸 적이 있다. 정민 교수의 「죽비 소리」에서 따온 것이다.

… 오동나무 그늘 아래서는 하루 종일 꿀벌이 잉잉거립니다. 무엇이 그리도 바쁜지 잠시도 쉴새 없이 연신 들락거립니다. … 하나의 흐트러짐 없이 계획에 따라 모든 일이 진행되고 있더군요. 위계도 정연하구요. 자꾸 제 눈길이 그리로 갔던 것은 아마도 한심한 나라 꼴 때문이었지 싶습니다. 도무지 손발이 안 맞고, 자기들끼리 치고 받고 싸우느라 혈안이 되어 있는, 민생은 언제나 뒷전이고 달콤한 꿀만 보면 앞뒤 가리지 않고 파리 떼처럼 달려드는 나라 꼴 말씀입니다…

허균이 죽은 지 400년 가까운 세월이 흘렀으나 요새 한국에서 정치를 한다는 사람들의 꼴을 보면 그 때와 눈꼽만치도 달라진 것이 없는 것 같다. 오히려 기업인들이 국제 무대에서 한국의 위상을 높이고 있다고 생각되지 않는가. 정치를 하는 사람들이 기업인들 반만큼만 한다면 나라가 더 활발하고 부강하게 되지 않을까 하는 생각이 든다.

(2007. 5.)

7부

강물은 흘러간다

설 지나면 봄 온다

-2006년을 보내며-

나는 요사이 틈만 있으면 흥얼거리는 뽕짝 18번 「낙화유수(落花流水)」라는 노래가 하나 생겼다. 나는 특히 이 노래의 마지막 구절을 좋아한다. 그 전부를 적으면 다음과 같다.

이 강산 낙화유수 흐르는 봄에/ 새 파란 잔디 얽어 지은 맹세야
세월에 꿈을 실어 마음을 실어/ 꽃다운 인생살이 고개를 넘자

우리 인생에 이보다 더 간결한 기도가 어디 있을까. 아무리 화려하고 거창한 말로 포장을 해도 결국 남은 것은 위에 적은 결정체 24글자에 지나지 않을 것이다.

이 「낙화유수」의 노랫말을 쓴 사람은 박남포, 곡을 붙인 사람은 이봉룡, 노래를 부른 사람은 저 유명한 가객 남인수이다. 박남포는 누구인가? '일제 강점기 한국 대중가요 연구'로 서울대학교 국문학과에서 박사학위를 받은 장유정 박사가 얼마

전 펴낸 『오빠는 풍각쟁이야』라는 책을 뒤져봐도 박남포라는 이름은 찾아 볼 수 없었다.

그래서 나처럼 흘러간 노래에 애착이 많은 서울대 법대를 나온 K선배께 물었더니 다음과 같은 권위 있는 회답이 왔다. 즉 가요계에 박창호란 이름을 가진 노랫말도 쓰고, 작곡도 하고, 스스로 노래로 부르는 천재가 있었는데 이 천재는 예명을 반야월, 진방남, 박남포로 마구 섞어서 썼다 한다. 여기에 혼돈을 더한다고 이 「낙화유수」의 노랫말을 쓴 사람이 김다인이라고 적힌데도 있으니 도대체 누가 누구란 말인가? 그런데 노랫말을 누가 썼는지 알아서 무엇하랴, 이 「낙화유수」에서 바라는 우리의 염원은 그 노래가 태어난 65년 전인 1942년이나 지금이나 눈곱만치도 달라진 것이 없는 것을.

이 땅에 발을 디딘 지가 20년, 30년이 넘어서 안정된 생활의 단조로움에 권태를 느끼는 사람들이 있는가 하면, 이제 막 이민 보따리를 풀고 생활 방도를 찾기에 눈코 뜰 새 없이 바쁘게 지내는 사람들도 있다.

아무리 하루 일과가 같은 일로 지루하거나, 살아가는데 바쁘더라도 잠시 앉아서 숨이나 고르고 일어서자. 인생은 낙화유수. 이 설이 지나고 얼마 안 있으면 꽃 피고 새 우는 봄이 온다.

2006년 어스름에

하늘 또한 괴롭다 하네
-2007년을 보내며-

　정민이라는 전각가(篆刻家)가 『돌에 새긴 생각』이라는 그의 인보기(印譜記) 한 권을 보내왔다. 책장을 넘기다가 좋은 글귀가 하나 눈에 띄기에 내가 붓글씨로 쓸까 하다가 집사람에게 붓을 내밀었다. 나는 글을 짓고 아내는 글씨를 썼으니 이번이 내 평생 두 번째 부부 듀엣(duet)인 셈이다. 글귀는 "仰面問天 天亦苦 (고개를 들어 하늘에 물으니 하늘 또한 괴롭다 하네)의 일곱 글자─"

　우리 기분을 우울하게 만들던 정해(丁亥)년이 간다. 중동에서는 아직도 첨단 무기를 자랑하는 미국 군인들이 이라크 사람들에게 민주주의를 가르쳐 준다며 죄 없는 이라크 국민들을 학살하고 있다. 아프가니스탄에 선교를 갔던 우리 젊은이들은 탈레반에 붙잡혀 고생 고생하다가 두 사람이 목숨을 잃고 나서야 겨우 풀려났다. 모국에서는 대통령 선거로 나라 안 분위기가 말이 아니다. 선거라기보다 '세계 권모술수 대회' 결승전 같았다. 교민 사회에서는 캐나다 정부가 편의점의 담배 판매, 세금

등으로 눈을 부릅뜨고 호통이니 걱정 걱정이다. 수백 억 세금을 교묘히 피해가는 큰 기업들은 가만히 두고 왜 우리같이 몸으로 때의는 피라미들만 이렇게 못살게 구는 고?

나라 안팎에서 들려오는 소식이 명랑하고 통쾌한 것들이 별로 없다. 해마다 '새해에는 뭐가 달라지겠지' 하며 기대를 걸었다가는 그 기대가 부질 없었음을 알고, 그래도 또 기대를 걸어본다.

정해년 돼지는 가고 무자년 쥐의 해다. 그러나 돼지나 쥐나 다를께 뭣이람. 이렇게 어지러운 세상에 하늘인들 무슨 뾰족한 수가 있겠는가. 우리는 우리 운명의 주인공, 그저 말없이 문단속이나 잘하고 고물고물 열심히 살아가는 수밖에 없다. 새해에는 건강에 조심하고 억지로라도 환한 웃음을! 호랑이한테 물려가도 정신은 차려야 한다지 않는가.

2007년 어스름에

청현산방 주인(靑峴山房 主人) 도천

벌써 찾아온 새해
-2008년 설날에-

극히 짧은 시간 동안 이 세상에 머무는 것이라면 부유하나 가난하나
모두가 즐거움 아닌가. 입을 열어 웃지 않고 사는 이 바보이로세.

石火光中寄此身

隨富隨貧具歡樂

不開口笑是癡人

10년 전인가, 위 글의 일부를 신년 휘호로 쓴 적이 있다. 오
늘 재탕(再湯)을 하는 실례를 저지른 것은 이 시구(詩句)가 오늘
같이 어렵고 혼탁한 시국, 즉 난세(亂世)를 헤쳐 나가기에는 더
없이 든든한 말이라고 생각되기 때문이다. 그래서 내 깐에는
멋을 잔뜩 부려 향산(香山) 백거이의 원문도 달아 적었다.

여기 적은 스물 한 글자는 어려움을 당해서 한숨이 늘고 전
의(戰意)를 잃어가고 있는 우리의 어깨를 흔들어 일깨워주는 말

이다. 지금 이 세상에서 숨을 쉬고 있는 것만 해도 다행이라고
생각하면 그 이외 모든 것은 고개를 숙이고 말 것이 아닌가.
　우리는 너무나 자주 지금 이 순간 살아 숨쉬고 있다는 사실
이 바로 행복이라는 것을 잊어버리고 딴 데로 눈을 돌리지 않
는가. 진정한 행복, 진정한 즐거움은 텅 빈 데 있다고 한 어느
스님의 말이 생각난다. 근하신년―.

새해 아침
청현산방 주인 도천(陶泉)

바람 부는 들판에 서서

1판 1쇄 발행 | 2008년 6월 20일

지은이 | 이동렬
발행인 | 이선우
펴낸곳 | 도서출판 선우미디어
등록 | 1997. 8. 7 제2-2416호
100-846 서울 중구 을지로3가 104-10
신성빌딩 403 ☎ 2272-3351, 3352 팩스: 2272-5540
sunwoome@hanmail.net

Printed in Korea ⓒ 2008. 이동렬

값 10,000원

※ 잘못된 책은 바꿔 드립니다.
※ 저자와의 협의하에 인지 생략합니다.

ISBN 89-5658-184-3 03810